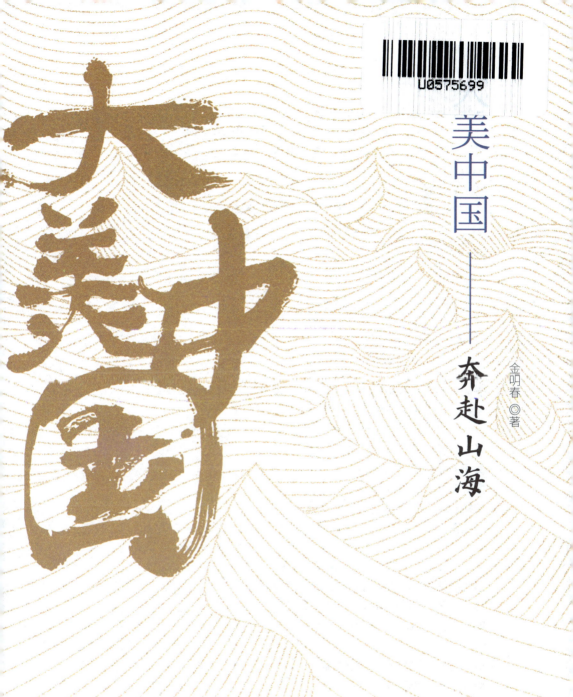

大美中国

大美中国——

奔赴山海

金叻春 ◎ 著

三环出版社
SANHUAN PUBLISHING HOUSE

U0575699

图书在版编目（CIP）数据

奔赴山海 / 金明春著. -- 海口：三环出版社（海
南）有限公司，2024.9. --（大美中国）. -- ISBN 978-
7-80773-292-1

Ⅰ. I267

中国国家版本馆 CIP 数据核字第 2024SK5985 号

大美中国　奔赴山海
DAMEI ZHONGGUO　BENFU SHANHAI

著　者	金明春
责任编辑	张华华
责任校对	孙雨欣
装帧设计	吕宜昌
出版发行	三环出版社（海口市金盘开发区建设三横路 2 号）
	邮　编 570216　邮　箱 sanhuanbook@163.com
社　长	王景霞　**总编辑** 张秋林
印刷装订	三河市同力彩印有限公司
书　号	ISBN 978-7-80773-292-1
印　张	13
字　数	150 千字
版　次	2024 年 9 月第 1 版
印　次	2024 年 9 月第 1 次印刷
开　本	690 mm × 960 mm　1/16
定　价	68.00 元

奔赴山海
Contents 目 录

做一朵菊,浸泡在 丽江古城这杯清水中

这次云南之行,如行走在梦境之中。

我作为"我的云南情缘"故事征文获奖作者之一,参加了"重返心灵家园·七彩云南"主题活动。我们和南方卫视《潮流假期》的编导摄制人员以及其他媒体的记者,从都市人的精神世界出发,走向伸手几乎可以摸到天的彩云之南。

当到达丽江时,我们就被古色古香的丽江古城吸引了。

云南的丽江,在遥远的地方,这里生长着美丽、古朴,这里

孕育着梦幻。

丽江古城，是一个以纳西族为主要居民居住的古老城镇，勤劳朴实的纳西人居住在"三坊一照壁，四合五天井"的一至二层的土木结构房屋中，房屋建筑融合了中原文化和邻族的精华，而形成纳西族的建筑风格，体现了纳西族的布局、汉族的砖瓦、藏族的绘画、白族的雕刻四个民族的特点，被誉为"民居的博物馆"。

有水的丽江，是生动的丽江。水，使丽江灵动起来。有人说丽江古城兼有山乡之容，水城之貌。说得一点也不错。古城的主街傍河，小巷临渠，泉水环绕连接每家门庭，开门即河，迎面即柳，形成"家家临溪，户户垂柳"的高原水乡风貌。这在其他地方是很少看到的，所以，来丽江可以使你有一种不一样的感觉。丽江又被誉为"东方威尼斯"和"高原姑苏"。水，是这里的灵魂。丽江人爱水，水也滋润着丽江人。导游介绍说，这里的人用水特别在意，泉水喷涌的第一眼井供饮用；下流第二眼井为洗菜；再下流第三眼井方可用来洗衣服。在这里走路，很多是在过桥，大研古城保存了许多座明清的石

拱桥。小桥流水人家，别有一番滋味。

丽江古城，这几天湿漉漉的，雨有时下，有时停。这些天，古城像一杯清水，我像一朵菊，浸泡在古城的这杯清水中。

我悠悠地漫步在古城五花石路上，放慢自己在城市里匆忙的脚步，放松自己的心情，慢慢体验着慢节奏的幸福。

小桥、流水、人家，这是一幅多么幽静的画面啊！

古城内禁止行驶汽车，这给古城一种安宁的环境，可以远离呼啸而过的现代交通的狂妄和威慑。虽说也会带来一些不方便，但更多的是可以给古城以古朴幽雅的环境。古色古香，古城的芬芳沁人心脾。在城市里，呼吸的是汽车尾气，呼吸的是浑浊的空气，呼吸的是紧张嘈杂的气氛。在这里，呼吸的是优雅的芬芳，呼吸的是温润的清新空气。第一次感觉，生活在这里的人们才是生活在天堂中。

古城是一座没有城墙的古城，光滑洁净的窄窄的青石板路、完全手工建造的土木结构的房屋、无处不在的小桥流水。踏上古城散发着淡淡光华的石板路，顺着玉泉河水穿行在古城曲曲弯弯的小巷，犹如穿行在时光隧道中。纳西服饰有个鲜明的特点就是背上背着一块羊皮，那块羊皮俗称为"披星戴月"。"披星戴月"的纳西老人或安详地坐着晒日头，或三三两两在石板路上边讲闲话边悠悠地走，双手反剪在羊皮下。导游告诉我们，在这些悠然、安详的纳西老人中有许多百岁老人。玉龙雪山的融水汇成了玉泉河，孕育了世世代代的丽江城和丽江人，纯净甘甜的河水、清新透亮的空气、新鲜饱满的食物，你才明白为什么会有这么多的百岁老人，为什么玉龙雪山是纳西族东巴文化尊崇的"三朵神"的化身。

古城，像我的梦，弥漫着神秘的色彩。

在古城，心变得格外柔软起来。

有一支马队经过，也是悠悠的。没有城市道路上汽车驶过的那种狂妄和毫不顾及。更令我感动的，马队后面，有两个马队同伴在后面一路捡拾马留下的粪便，放到自己携带的袋子里。打扫干净后，他们才紧跑几步，追赶上前面的队友。

当我们呼唤文明的时候，当我们呼唤道德的时候，首先应从自身做起。

离开丽江很长时间了，这幅画面仍是我记忆中最美的画面。

古城的酒吧晚上是最热闹的，那是另一片天地，音乐声歌舞声震耳欲聋，在里面说话是听不见的，人们疯狂地陶醉在音乐或迷离的光线中。

这与古城的幽静形成了鲜明的对比。

它或许是夜晚醒着的古城，抑或是古城的一种发泄？

我想不是。

我担心古城因此会受到打扰。

古城，从它的容颜到它的骨髓，应该是优雅淡定的。

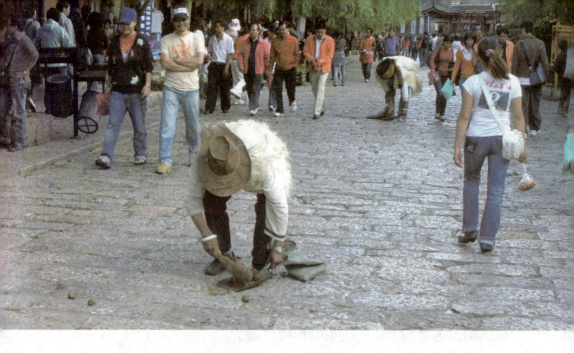

　　我和南方卫视摄制组人员一起来到一家东巴文及造纸作坊，有幸聆听这里的一位老人的讲课。图画象形文字"东巴文"是纳西族先民用来记录东巴教经文的独特文字，是世界上唯一活着的图画象形文。我们学习了一些东巴文，感触到了东巴文的神秘和精深。

　　在这里，我们的脚步就会自动地变得轻缓。这里是一个清心世界，与其隔绝的是外界的那种嘈杂和喧嚣，扑面而来的是安宁与悠闲产生的芳香。我们在这里，可以等一等被我们落在后面的心灵，关照一下被我们冷落的心灵。我们给身体的太多，给心灵的太少。

　　在这里可以清心养神，呼吸幽静的芬芳。心静下来，空气清新起来。清风吹拂，送来离心灵最近的祝福。

　　丽江古城就像一杯清水，真想做一朵菊，浸泡在丽江古城这杯清水中，在丽江湿润空气的滋养中，幸福地绽开。

　　我离开这里很多日子了，但我不知为什么还时时想起它。

　　哦！我的心留在这里了。

面朝大海

对于大海，我一直非常向往。

大海的波澜壮阔，大海的博大胸怀，给我们视野的滋养，给我们心灵的慰藉。

青岛，一个美丽的名字，一个美丽的地方。青岛，是一个三面环海，一面和大陆相接的半岛岛城，素有"东方夏威夷"的美誉，"红瓦绿树，蓝天碧海"就是它的真实写照。

她还有一个雅丽的称呼：琴岛。小青岛，是位于青岛海边不远处的一个小岛，从空中俯视小岛，就像一把优美的小提琴，横亘于浩渺的碧波之上，故有"琴岛"的美名。所以，这里有着天籁般的音乐，有着美妙的节奏。那是自然的音乐，那是自然的节奏。来到这里，你的心怦然心动，那是一种和心跳同一频率的节奏。此时，我的心跳和这里的山、这里的水、这里的一切同一

频率地跳动。

那座白色的灯塔，端庄秀丽地站在那里。它在守望着什么？它在眺望着什么？夜里，灯塔里的灯闪亮起来，那红宝石似的灯光影射在海面上，波光粼粼，如梦如幻，与栈桥上的灯光遥相呼应，形成了一幅美轮美奂的"琴屿飘灯"的夜景，给这座城市的夜色增添了一份绝妙亮丽的色彩。我想，这是都市中最美的光彩，这是都市中最醉人的光景。——夜色天堂，我突然感觉此时的琴岛就是夜色天堂。现代人，看多了都市的灯红酒绿，那只能带来一种麻木或躁动，而这里，带来的却是一种陶醉。这里流淌着的，是一种多么奢侈的浪漫情调啊！

栈桥，一条伸向大海里的长堤。是大地伸向大海的一条手臂，揽着蓝色的大海，还是大海把自己放低，用浪花托起大地？

此时，你走近大海，靠近大海的心脏。走在栈桥上，脚旁波涛汹涌。大海，在为你的脚底按摩。栈桥，像一条长龙横卧于碧海银波。闻一多曾在散文《青岛》中这样描绘黄昏时的栈桥："西边浮起几道鲜丽耀眼的光，在别处你永远看不见的。"

"回澜阁"，八角形的阁楼，高高地站在大海上，为的是观望低低的大海。一个是高高的，一个是低低的、宽阔的。低、宽阔，就这样被大海融合在一起，吸引着远方，吸引着高处。所以，生活中尊重那些低矮的一切，是因为你的善爱，更是你的高尚。

面朝大海，心胸打开。如果有海一样宽广的胸怀，就不会有那样的琐碎的烦恼。

游艇满载着游人，在海面上游弋穿梭。是游艇割破了大海，但大海却扬起微笑。

心灵，总是投奔善良的。善良，总是应该受到保佑的。从栈桥沿海滨栈道前行，可以走到天后宫。这里是青岛的妈祖庙，渔民们用心朝拜，便会得到保佑呵护。

礁石，在惊涛骇浪中岿然不动，总是保持一种挺立的姿态，正气凛然。

青岛的标识"五月的风"，跳跃的动感、激情活力。它以螺旋上升的风的造型和火红的色彩，喻示出一种张扬腾升的民族力量。

八大关，这里洋溢着一种异国情调，这里洋溢着一种浪漫情怀。这里是汇聚着世界各国建筑的别墅区，它是用我国历史上著名的八座关隘命名的，如山海关路、居庸关路等。八大关，古老而幽雅，那些带有各国风格的不同建筑物均掩映在绿树丛荫之中，一如童话中的蛋糕房子，甚有异国风情。公主楼，据说是丹麦的国王送给二公主的生日礼物，它蓝白色的外墙面，尖尖的屋顶，清秀俏丽，就像一位温文婉约的公主。花石楼，则是因为蒋介石曾经在这里居住过而闻名。这些，我们暂时不表，光从这里独具特色的建筑来讲，就很有魅力。浓荫蔽日，庭院深深，宁静美丽，仿佛是一次愉快的欧洲之旅。另外，爱在这里是那样浪漫和令人向往。据说，人们都喜欢选择在这里谈情说爱或求婚，因为在这里求婚的成功率高达99.99%。带着你的爱，来到这里吧！带着你的爱，离开这里吧！

崂山，自古就有"神仙窟宅""灵异之府"之称。顺着喧嚣的山间溪流，徒步朝山顶攀登，沿途山秀峡奇，风光秀丽，水声似娓娓动听的乐章，令人们尽情感受峰回路转的奇妙意境。崂山花岗岩坚硬美丽，北京天安门广场的人民英雄纪念碑的碑体，就

是由崂山中的一块完整的花岗岩石做成的。这里是道家圣地。千年银杏、古槐、古松古柏，给这里增添了无穷魅力。

青岛，因崂山而神秘，因大海而浪漫。

那片浩瀚无垠日夜涌动着生机的大海，是我们永远的诱惑。与大海相亲的是视野和肌肤，与大海相融的是灵魂。

海的博大和宽厚包容，海的广阔胸怀，海的永葆青春的活力，海的恒久的情思，海的雄性奔腾，给了我们无穷的力量和感怀。

海上生明月，天涯共此时。

青岛是一个梦。

青岛是鲜活生动的，青岛是真切的。

大海永远不会冬眠。寒冷，不会冷却它的热情奔放。

抬头，蔚蓝色的天空。远望，一望无际的碧蓝海水。近处波光粼粼，远处渔船点点，缕缕白云飘过头顶，翱翔的海鸥掠过眼际。

把大海放在心中。海不仅仅是看的，更需要感受，感受多了，海才记得你。

携一本书
去一个幸福的地方

携一本书去铁山寺。

首先是白岩松的率真和犀利让我关注了《幸福了吗？》，他的真性情，他的深刻思考，更重要的是他的大胆直言，让人们一次次关注起这位电视主持人的书来。在动身前往铁山寺前，我拿上一本《幸福了吗？》，作为一路上欣赏的另一道风景。

在白岩松的《幸福了吗？》中，这位素来以眼光犀利著称的央视新闻评论员，对当下中国人幸福感缺失的现实，给予了一针见血的"诊断"："并非时代造成人们不幸福，而是现在到了一个

人们开始关注幸福的时代。"《幸福了吗？》率直地袒露了自己内心世界的茫然、纠结和最终无愧于内心的选择，白岩松说，"快乐只是片刻的，可以五秒钟一笑而过，但幸福是个长久的状态，是人心灵上持续的平静和圆满。以前大家都觉得，楼上楼下电灯电话就是幸福了，可如今物质富足了，却发现幸福并没有到来。"

我们很多人都在发动着、进行着一个人的战争。我们的内心有着许多敌人，他们无时无刻不在和我们对决。他们也许很强大，在摧毁着我们经营起来的静美心境。这些敌人有的来自私欲军团，有的来自贪婪战队，有的来自邪恶组织，有的来自颓废团伙。面对这些军队，我们如果没有强大坚定的信念，很难战胜这些敌人。硝烟弥漫中，我们自己会溃不成军。

铁山寺到了。

铁山寺位于盱眙县境内的古城林场，我们来到这里，尽情地享受大自然的赐予。这里古木参天，溪水长流，环境幽静，风光明媚，常年鸟语花香的原始生态环境，使游人流连忘返陶醉其间。这里展现出一个活生生的世外桃源，这里着美丽的风景，如人间仙境一般。走进它，就像走进梦里。这里的风景很养眼，也滋润人的心。这里，神奇似梦，壮美如虹。

这里的树木是有思想的，它历经风雨沧桑，阅尽世事变幻。铁山寺自然保护区内树种较多，另外还有原种的昆虫类达 12 目 30 多科 258 种，其中大尾凤

蝶、朴喙蝶为国内珍稀种类。我们为这美丽的精灵兴奋着。它们选择在这美丽的地方生存，是它们的智慧，也是它们的福分。路旁有一朵盛开的小花，兀自在清风中浅笑独舞。铁山寺，茂林修竹，翠竹端直挺秀，风雅宜人，疏风醉影。走在竹径小路上，感觉"竹径条条通幽处，游人处处画中行"。刚毅挺拔、潇洒伟岸，傲雪不凋，竹的魅力在此充分展现。这里的山水温婉、柔美、淡定、从容，美丽多姿。返璞归真，推崇自然的时尚，给我们带来春天的心境。这会让人心清气宁，恬静、优雅，在这个时代里，始终保持一种优雅的生活姿势，始终保持一种优美的心境，则是一种有香味的生活，则是一种美丽的生活。在大自然的怀抱里，在清新温润的山水间，人有一种焕然一新的感觉。和着大自然的脉动，进入一个崭新的境界。

生活在这里的人都很长寿。老人们谦和慈祥，有自然赐给他们的鹤发童颜，有梦境赐给他们的明亮目光。这里的人们对生活的寄托像蓝天、白云一样明净，像湖水一样明净。在森林公园内还建有三个亭子，分别是天泉亭、百岁亭、鸟音亭。天泉亭，因山上的"天泉"而得名，因为该泉水质清纯，入口甘甜，常喝此泉水的人不仅能变得聪明漂亮，而且可以健康长寿。百岁亭，因当地人常喝"天泉"水，100多岁的长寿老人很多。鸟音亭，生态环境优美，珍禽集居，百鸟争鸣，犹如在欣赏一部优美的交响乐，令你乐不思返。对于在大都市生活的人来说，很难享受到如此纯净的生活，很难享受到如此简单明快的生活，很难享受到如此快活的生活。

这里弥漫着佛教的芬芳。雄伟壮观的铁山禅寺大雄宝殿高24.8米，占地面积880平方米。铁山禅寺大殿内所有的佛像都是由香樟木雕刻而成，因此大家进入大殿即可闻到扑鼻的清香。佛像高7米，是江苏省木雕刻中室内最大的佛。左边是东方琉璃世界教主药师佛，右边是阿弥陀佛，中间是释迦牟尼佛像。这里，是离心灵最近的地方。这里的风景最为深沉，这里的风景最有厚实感。这里的风景最有思想，这里的风景亘古永恒。这样一个有佛教文化意义的地方，这样一个特别亲近自然和善美的地方，使你心中的疲劳困顿都会在这里洗涤一空，使你心中的善美都会在这里激荡起来。

白岩松送给自己十二个大字：捍卫常识，建设理性，寻找信仰。让我们乘自然和佛教的光芒，做一次心灵的旅行。这里给予了我们美丽多彩的视觉盛宴，也给予了我们丰美的精神盛宴。

读一本有关幸福的书，走进幸福的地方。

读一本有关幸福的书，走在幸福的路上。

会做梦的石头

梦到什么季节

心开始温润

梦到什么地方

你可以听到自己的怦怦心跳

春天

我们来到沂水

春天来了，温暖占据了我们的心，即使春寒不愿谢幕，也挡不住人们向往春天的热情。一个阳光明媚的日子，我们爱莱芜论坛的网友乘坐旅游大巴，来到沂水天然地下画廊。远远地就望见由全国著名学者、国画大师范曾亲笔题写的"天然地下画廊"。沂水天然地下画廊旅游风景区是红嫂的故里。此时，我似乎又听到那甜美的歌声：

炉中火，
放红光，
我为亲人熬鸡汤。
续一把蒙山柴，
炉火更旺；
添一瓢沂河水，
情深谊长。
愿亲人早日养好伤，
为人民求解放，
重返前方，
啊重返前方。
炉中火，
放红光，
我为亲人熬鸡汤。
续一把蒙山柴，
炉火更旺；
添一瓢沂河水，
情深谊长。
愿亲人早日养好伤，

为人民求解放，

重返前方，

啊重返前方。

　　这里是革命老区，战争年代，它曾滋养过革命战争。如今，它美丽的天然地下画廊为世人展现出革命老区的另一种风姿。

　　天然地下画廊，位于九顶莲花山麓。走进它，就像走进梦里。这里的风景很养眼，也温润人的心。这里，神奇似梦，壮美如虹。

　　长天碧空，白云飘飘，风光秀美，气候宜人。站在高处，极目四野，你会感到你是站在梦的上面。原始、古朴、纯净、质朴。这里是滋养生命的天堂，这里是静养心灵的天堂。这里有我

们心灵深处最美丽、最纯美的东西。来到这里的人，都如进入梦中。

　　景区内山路弯弯，最为引人注目的是大水车。它从容转动着，给景区美丽的动感。

　　洞内钟乳遍布，石笋林立。我们慢慢走进它，一路上，随着洞内美丽的风景我们的心情也美丽起来。网友们时而说说笑笑，时而贪婪地观赏着洞内的景色。

　　"北国风光""宇宙奇观""南国风情""海底世界"四幅各具特色的巨幅画卷，自然天成。大自然的鬼斧神工，为我们创造出如此绝美的景观。

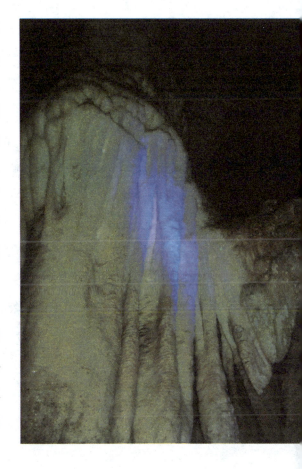

　　是岁月虔诚的修行？

　　是自然深情的馈赠？

　　我在梦里？

　　还是在大美的异国艺术宫殿？

　　天锅、天河、天桥、牛郎织女的景观使人如置身神话世界。神龟、海象、游龙，天瀑、玉峰、水晶宫等景致惟妙惟肖，使人叹为观止。石乳、石笋、石柱、石幔、石帘、石花、石旗、石葡萄、鹅管、飞瀑等各类象形钟乳石，使我们惊叹于大自然的造化。

岩石是可以生长发育的，岩石是有生命的。千年万年地孕育生长，才有了它凝脂肌肤和美妙容颜。

这些石头，是会做梦的石头。如果不是这样，那这些石头怎么会组成了如此美妙的梦境？

每一处，你都是美妙的音符，我们聆听着动听的音乐。

每一处，你都是精彩的图画，我们欣赏着恢宏的画卷。

我们羡慕沂水，大自然赐予沂水如此美妙绝伦的景观。

这是我第二次来这里，第一次我是和一个作家协会来的。每一次感受都不同。我想，我还会再来的。因为，它的魅力使我无法抵御。

我们依依不舍地离开了天然地下画廊，离开了这梦境世界。

面朝洱海，春暖花开

　　云南，彩云之南，是一个神秘的地方，是一个美丽的地方，那里是一个使人魂牵梦萦的地方，那里是世界上最令人惊心动魄的道路之一——茶马古道的发源地。

　　早就听过歌曲《蝴蝶泉边》《大理三月好风光》，这些美丽的歌曲，为我们展现出大理的无穷魅力。大理是《五朵金花》的故乡，是《天龙八部》的世外桃源。大理，面朝洱海，背靠苍山。此时，我想起海子的诗歌《面朝大海，春暖花开》。大理古城位于苍山洱海之间的坝区，西倚一字横列的苍山，东濒碧波荡漾的洱海，这种"一水绕苍山，苍山抱古城"的雄秀相间、刚柔并济的山水环境格局，使古城增辉添彩。我们徜徉在美丽和宁静之中，心中荡漾起安宁带来的快乐。

　　洱海，在云南是很有名的。我们乘坐一艘轮船航行在洱海上。洱海此时显得格外温柔，静美地存在在那里。在获奖作者中，董老师是一位特别喜欢照相的人，他是广东人，摄影技术很高，他不停地拍照，眼前的美丽风景几乎在每一个角度都可以拍摄出精彩的画面。

　　洱海的水很嫩，就像南方的女子，美丽多姿、温柔多情。

　　平静的水面被我们的轮船劈开，留下八字形的波纹。我们应该向洱海道歉，是我们打搅了她的宁静。

　　有水的地方，美丽总会伴随而生。洱海荡漾着蓝色的微笑。它蓝得异常动人，和天空蓝成一色，和天空醉在一起。洱海，以最优美、最随心所欲的姿态展示大自然的造化，展示它的古朴、原始、清纯和与世无争的魅力。美丽的天空之所以美丽，是因为有一轮月亮。大自然很垂青这里，把一汪月亮般的湖水存在于这里。圣洁的洱海，七色斑驳，天风荡荡，云朵流连，湖面忽而明丽，忽而迷离。一泓碧水将蓝天、白云投入其中。大群水鸟追逐嬉戏，不时溅起一串串欢快的浪花。水是辽阔的，天是辽阔的。来到这里，心，也是辽阔的。

水醉了，天醉了，我醉了，你也醉了。这种醉，不是灯红酒绿的麻醉。这种醉，醉得幸福。在这种醉里，你不愿醒来。洱海与苍山同生共荣，互相映衬，组成丰富多彩的风景画卷。走进它，就像走进梦里，它是那样陌生，又是那样熟悉。你陌生，是因为这里你从没来过。你熟悉，是因为这里你曾在梦里来过。这是世外桃源？这是一片纯净、美丽、清爽的地方。

这里既有它雄伟的一面，也有它温柔的一面。横列如屏的苍山，雄伟壮丽；明珠般的洱海，清澈如镜，加之坝区牧歌式的田园风光，构成了优美绚丽的高原景观，苍洱风光优美动人，白族风情浓郁奇丽，这里是现代人的心灵家园。

这里几乎没有受到污染，天格外地蓝。在这几乎伸手就可以

触摸到蓝天的地方，我们也触摸到了自己心灵最柔软的地方。在这里，你可以使自己的心灵更加安静，可以更深刻地体会什么是静美的幸福。放松心情，静静地享受大自然的赐予。感恩的心，使得心灵的风景更加美丽。

最清新的空气，最美丽的风景，生活在这里的人该是多么的幸福啊！

登上小岛，是另一番情景。刚才我们陶醉在水的世界，现在变成了岩石与植物的王国。岛上景色宜人、树木葱葱。在一处岩石上，最显眼的是巨大的仙人掌群，它们长在石缝里，以顽强的生命力展示着它们蓬勃的生命状态。岛上有很多卖烧烤食品的，他们把刚打上来的鱼，经过烧制卖给游客。在这里，你不用担心会吃到过期食品或添加化学试剂的食品。那种几乎接近原始的烤制方法，带给人的是强烈的食欲。整个小岛被这香喷喷的气味笼罩着。

小岛变得很香。

然后我们回到游船上看节目表演，那具有民族特色的表演赢得了游客的阵阵掌声和欢呼声。表演期间，演员们给游客敬茶。

云南与茶有着太深的渊源。白族的三道茶，给了我们人生的启迪——当苦涩过去，甘甜就会到来。人的一生，什么是最值得回味的东西？

此时，我心中温暖如春；此时，我心中洋溢着茶花的芳香。

面朝洱海，春暖花开。

温暖在故乡的怀里

　　临清，有着大地宽厚的一面，但同样也有着河水柔曼和美丽的一面。临清，有着山东汉子的铮铮铁骨和坚韧性格，但同样也有着临清女子贤惠俊美的一面。临清，有着天高地阔的雄伟气势，又有着运河柔美的风姿。临清，有着古色古香的建筑，又有着瓜果飘香的田园景色。临清，有着现代脚步的铿锵，又有着古老历史的厚重。

　　总有一些地方，离我们的心灵是那么的贴近。也许它不瑰丽，也许它不很赏心悦目，但是它令人心境安详。这里是离心灵最近的地方。这里的风景最为深沉，这里的风景最有厚实感。这里的风景最有思想，这里的风景亘古不变。这里，天人合一，人与人和谐相处，人与自然和谐相处。这里是滋养生命的天堂，这里是静养心灵的天堂。这里有我们心灵深处最美丽最纯美的东西。这里，是梦最丰美的地方。心怀春天，满目都是鲜花。有一颗春天的心，即使在冬天也能看到漫天飞花。不是吗？雪花不是冬天的花朵吗？给自己一个美好的心情，你会欣赏到更多的美好。欣赏到更多的美好，你会拥有更加美好的心情。拥有更加美好的心情，美好便蜂拥而至。和好心情同行，一路都是美丽风景。

　　临清，一个有着独特的历史文化的地方，大运河从这里流

过，古桥、古塔、古寺，给人一种古朴的气息。卫河的波涛汹涌，卫河的博大胸怀，给我们视野的滋养，给我们心灵的慰藉。

穿行于乡村庄稼地，感悟五谷生命的凝重。土地和水是生灵丰润的摇篮，在这里，果林农田是水土滋养出的最美的风景。在这片有着清清河水的地方，在这片依然保留着蓝色天空和悠悠白云的地方，盛产着丰美的果实，盛产着幸福和快乐。

抬头，蔚蓝色的天空，远望，一望无际的棉花。和棉花在一起，你的幸福又被唤醒。在这里，更能感受到大自然的体温。棉花，是大地的微笑。所有的微笑聚集在一起，那是一种什么样的情景啊？漫田遍野的微笑使人心花怒放。这些美丽的花，动人地开，迷人地开。这是世上最迷人的微笑。花儿们开始用盛开彼此致意，花儿们开始用微笑彼此温暖。站在棉田里，极目四野，你会感到你是站在梦的上面。

蓬蓬勃勃的庄稼或树木花草，是土地生长出来的精神和语言。它的精神和语言有时很生动，于是大地便生出蓬蓬勃勃的庄稼或树木花草。它的精神和语言有时很甜美，于是大地便生出瓜果飘香。它的精神和语言有时很美丽，于是大地便开满灿烂的花朵。它的精神和语言有时很深刻，于是大地便生出五谷杂粮。拔节的声音，生长的声音，呼吸的声音，是大地生命的歌声和心跳。那些蓬蓬勃勃的庄稼或树木花草，这些五谷杂粮，是大地的歌声和语言。土地和自然是会微笑的，要不怎么会有盛开的花朵啊！阳光，是大地的翅膀，它使得大地生动起来，它使得大地温暖起来，它使得大地枝繁叶茂起来，它使得大地果实累累起来。

那片片日夜涌动着生机的农田，是我们永远的诱惑。与农田相亲的是视野和肌肤，与农田相融的是灵魂。大地的博大和宽厚

包容，大地的广阔胸怀，大地的永葆青春的活力，大地的恒久的情思，给了我们无穷的力量和感怀。大地是鲜活生动的，大地是真切的。

这一方水土，养育了多少临清儿女。他们或根系扎在这一方热土，或远在他乡，但临清人的坚毅、朴实、智慧、能干的品格却是一脉相承的。远在他乡的临清人，走出临清看临清，更加思念故乡。临清的父老乡亲，时刻也把远方的亲人牵挂。月是故乡明，临清一家亲。远在临清，割不断思念之情。每到节假日，相思使人沉醉在浓浓的乡情之中。

临清人有着积极向上、勤劳坚忍、创新创业、追求梦想的精神风貌和时代特征。乡情，把天南地北的临清人连接在一起，穿越万水千山，乡情依依。故乡，是最温暖的地方。心和故乡在一起，心灵便温润了。心和故乡一起走，路上也许会有风，路上也许会有雨，但这些都可以跨越，因为有故乡在为你鼓掌。路上也会有风，也会有雨，但我们可以在风雨中欣赏风景。

在过去 2000 多年的漫长历史上，临清曾经是一座繁荣的城市。隋代开通京杭大运河之后，临清是运河上的一个大码头，几百年中，商贾云集，百业兴隆，歌楼舞馆，鳞次栉比。据季羡林考证：英国学者亨利·裕尔的名著《东域记程录丛》中，就有关于临清的记述。季羡林认为："根据鄂多瑞克航行的时间，再根据此城的地望，此城必是临清无疑。"

黄色的土路，黄色的土坯房，黄土抹的房顶，那时的康庄给他的印象就是到处全是黄土，而正是这些黄土，生育了一位大师。而如今的临清却今非昔比。他在散文《月是故乡明》中，用在世界上不同国家、不同环境下看到的月亮，同故乡的月亮做了比较，他说："看到它们，我立刻就想到我故乡那个苇坑上面和水中的那个小月亮。对比之下，无论如何我也感到，这些广阔世界的大月亮，万万比不上我那心爱的小月亮。不管我离开我的故

乡多少万里，我的心立刻就飞来了。我的小月亮，我永远忘不掉你！"

　　临清有着深厚的文化底蕴，那穿越千古的文化成为现代临清人纯净心灵的甘露。临清文化遗迹承载着历史的风雨，承载着文化的厚重，它是临清的精神财富。临清古迹遗痕，记忆着临清的史脉与传衍，记忆着临清的自信和从容。一个地方，正是有着人文的东西，才会支撑起这个地方精神的大厦。一个地方，正是有着人文的东西，才会变得昂扬充沛富有底气。一个地方，正是有着人文的东西，才会洋溢出幸福，才会散发出永恒的魅力。人文的东西，有着淡定而恒久的力量，如火把，照耀着人们前行的脚步；如阳光，光合出人类文明的果实。

　　临清清真寺建筑规模宏大，建筑风格既具有伊斯兰宗教建筑特点，又更多地体现了我国传统的木结构建筑风貌。大殿雄姿巍峨，铜顶高耸入云，金光闪烁。纯美的圣地，在这小城中不声不响，但却始终影响着小城，给小城的人们带来吉祥。

　　亲情，使赤子之心纯净。故土，使浮躁的心安宁。一个人的心，永远走不出的是故乡。身体离故乡越远，心灵离故乡就越近。对于故乡的情感，我想这是普天下游子最真切、纯美的情感之一，并且这种情感会随着物理距离的加剧而浓得更加深刻、真实。感恩的生活、诚恳的生活，是最美丽的生活。故乡亲人那沉甸甸的慈祥，给远方的人鼓励与安慰。故乡，是你使我学会放弃肤浅，是你令我心灵清静，是你使我学会敬仰厚重，由最初对你

的仰望，变为凝望。

临清大地，壮美的风景。这里的人们是幸福的，因为纯净——纯净的生活，纯净的劳作，纯净的心灵。

这里，有着幸福的风景。我之所以说这里是幸福的风景，因为她不单单是美丽，还有一种滋养心灵的力量。临清钟灵毓秀，自然人文景观极为丰富。这里的风景，我不用"美丽"来形容，而用"动人"。

平淡的生活中，总有一种情感让我们感动并铭刻心底，总有一种温暖让我们难以忘怀。遥远，产生思念。遥远，产生牵挂。千里万里之遥，但我仍能感到亲情的体温。亲情是互相牵挂，亲情如此深沉，亲情令人魂牵梦萦，亲情使人刻骨铭心。岁月、阳光，风雨、彩虹，天空有一轮太阳，总是给我们温暖。天空有一轮月亮，总是给我们温润。千里万里，在乡情里我们做一次精神的团圆，在这里，营造出温馨的时光，展望着美好的未来。在这里，我们沐浴在乡情、亲情和幸福里，尽情地享受着乡情、亲情的温馨。离开故乡的人，故乡总在梦里。梦里回到故乡，温暖在故乡的怀里。

天堂在遥远

新疆的喀纳斯，是一片纯净、美丽、清爽的高地。

这里有草原、森林、湖泊。

面对草原，我想起了达摩达拉的一句话：只有可以自由享受广阔的地平线的人，才是世上最快乐的人。

草原在打开人的视野的同时，也打开了人的心灵。"蓝蓝的天上白云飘，白云下面马儿跑"是画上的草原，是天上的草原。

草原的绿色很养眼，也温润人的心。这里是最高的草原，是天堂的草原。

森林，让喀纳斯陷入神秘。深沉的喀纳斯，让我仰望，使我沉思。白桦林，一定生长着美丽的传说，一定隐藏着动人的故事。

卧龙湾沿喀纳斯河北上约一千米，你会在峡谷中看到一蓝色月牙形湖湾，那就是月亮湾。月亮湾会随喀纳斯湖水变化而变化，是镶在喀纳斯河的一颗明珠。美丽静谧的月亮湾，使人心醉。

喀纳斯湖是一座典型的冰蚀湖，它状如弯月，它隽美多姿，湖水清冽。清晨湖面青烟缥缈，正午银粼闪烁，傍晚夕阳映照水面，水天一色。在喀纳斯的周围峰峦叠嶂，峰顶白雪皑皑，山腰林木葱翠，山坡绿草如毯。这是梦境，还是世外桃源？它美得让人忘我，美得让人怀疑自己看到的是否真实。青山倒映水中，更

添水色斑斓。群峰夹抱之间，喀纳斯湖如玉带蜿蜒飘拂。

在喀纳斯，有一个图瓦部落，这是一个人口极少的部落，居住在一个几乎与人隔绝的清凉高地。他们以狩猎放牧为生，住的是小木屋。喀纳斯图瓦村居民自称是蒙古族的图瓦人。图瓦人村落是蒙古族图瓦人生活的村落。图瓦亦称"土瓦"或"德瓦"，"库库门恰克"。图瓦村位于喀纳斯湖南岸两千至三千米处的喀纳斯河谷地带，周围山清水秀，环境优美。图瓦人历史悠久，早在古代文献中就有记录。隋唐时称"都播"，元称"图巴"或"乌梁海种人"等。有些学者认为，图瓦人是成吉思汗西征时遗留的部分老、弱、病、残士兵，逐渐繁衍至今。而喀纳斯村中年长者说，他们的祖先是五百年前从西伯利亚迁移而来，与现在俄罗斯的图瓦共和国图瓦人属同一民族。图瓦人保存着自己独特的生活习惯和语言，图瓦语属于阿尔泰语系，突厥语族与哈萨克语族相近，因此图瓦人均会讲哈萨克语，与现在的蒙古语不同。现在的图瓦人学校基本是普及蒙古语。在生活习惯方面，图瓦人除欢度蒙古族传统的敖包节外，还有当地的邹鲁节（入冬节），汉族人的春节与正月十五元宵节。图瓦人信仰佛教，但萨满教对他们的影响也较深。图瓦人是一支古老的民族，以游牧、狩猎为生。近400年来，定居喀纳斯湖畔，他们勇敢强悍，善骑术，善滑雪，能歌善舞，现基本保持着比较原始的生活方式。图瓦人的房屋皆用原木筑砌而成，下为方体，上为尖顶结构，游牧时仍在蒙古包。

喀纳斯图瓦村与喀纳斯湖相互辉映，融为一体，构成喀纳斯旅游区独具魅力的人文、民族风情。

几乎近于原始生活的图瓦人在喀纳斯，这又是喀纳斯的神秘之处。他们是幸福的，因为纯净——纯净的生活，纯净的劳作，纯净的心灵。我似乎是沿着一个时光隧道，步入远古。图瓦人，拥有的是阳光，拥有的是单纯，拥有的是美好，拥有的是幸福。我沉浸在远古自然的芬芳之中。幸福，洋溢开来。

图瓦村小而宁静，宁静得使人心醉。森林之中，有熊，有狼，但这些并不会影响图瓦村的祥和。也许，这些动物知道图瓦村的善良，于是他们和谐相处。这是多么祥和的幸福的生活啊！

一个图瓦女人，在一个深冬里，发现一只狼崽，一只几乎冻僵的狼崽。她把它抱回小木屋，精心喂养，狼崽慢慢长大了，并没有要离开小木屋的意思。就这样，小木屋里，便有了一只狼。曾几次，小木屋的主人遭受风雪，是这只狼出去给他们带来食物。小木屋的主人救了狼，狼也救了小木屋的主人。我们无法想象，狼和小木屋的主人用一种特殊的方式交流，声音、眼神。其

实，他们是用信任、是用爱来交流的。

有一位图瓦老人，会吹奏一种图瓦人自制的笛子。这种笛子至今还没有第二个人能够精熟吹奏。这种笛子用的是全身的气流来吹奏的。笛音有着古朴神韵，如山中风动，如奔流水声。那是生命的声音。

一个20多岁的姑娘走出小木屋，脸上有着阳光留下的痕迹，眼睛因纯净而明亮。她热情地和我打招呼，清纯的脸上洋溢着世界上最干净的微笑。

附旅游攻略

从乌鲁木齐到布尔津的班车，发车时间是11：00和19：30。包车到喀纳斯也可以，但价格贵一些，很多人希望包车连同五彩湾也一同解决，但这个方案需要考虑司机在五彩湾的露营问题，而且价格也不好谈。

从布尔津到喀纳斯（或贾登峪、禾木）建议以租车为主。布尔津到喀纳斯（或贾登峪）还可以搭乘出租车或者北京2020吉普车，凑够人数，一人50元。布尔津到禾木有北京2020吉普车作班车，一人50元。北京2020吉普车的包车价格200～300元/天，行车时间4小时。

布尔津到喀纳斯150千米，贾登峪到喀纳斯32千米。去禾木的路口在贾登峪下方14千米处，从那里到禾木都是土路，60千米，北京2020吉普车最好，如果不下雨，中巴也可以跑。

从贾登峪到禾木，再到喀纳斯，只有马道，汽车无法通行。

从贾登峪到布拉勒汉桥，5千米，2.5小时；到禾木距离40千米，徒步要两天，骑马一天。

从禾木到喀纳斯，距离近 40 千米，徒步要两天，骑马一天，但很紧张。

从喀纳斯到白哈巴，272 千米土路，中巴可以通行。

从白哈巴到哈巴河县，以土路为主，有少林中巴每天往返，票价 50 元。

从哈巴河县到布尔津县 80 千米，交通方便。

在贾登峪和禾木，都可以找到马匹和向导，大约每天 100 元。

关于饮食与住宿

在布尔津可以住在布尔津大桥（离公园不远）旁边的小旅馆，卫生条件不错，价格便宜。

贾登峪，有许多小饭店、旅店，吃食较贵，但比喀纳斯便宜，拌面 10 元 / 碗，揪片子 5 元 / 碗；旅店 30 ～ 60 元 / 位；

在禾木乡，有一些旅店，20 ～ 80 元 / 位。最好的旅店是在乡政府边的新旅山庄（卫星电话 0906-8191003），双人间 80 元 / 人，干净整洁，可以 50 元 / 人。可以自带干粮，让食堂做点汤。

在禾木也可以住图瓦人的小木屋，价格 10 ～ 20 元 / 人，也可以住乡政府招待所，20 元 / 人，床单等都挺干净，每个房间备一桶清水供客人洗漱。阿丽家可以住，也可以住大桥过去左边第一家，据说也不错，这家有个亲戚在布拉勒汉桥，叫加尔肯。禾木可以充电，但电压不稳。

禾木不通电信，但有卫星电话。

从贾登峪到禾木的路上，两天的徒步没有可以住宿的地方；从禾木到喀纳斯，路上到达坂前有一个小木屋，里面什么也没有。

喀纳斯的小木屋，大约 30 元/人。毡房 200 元，可以住 10 人。

扎帐篷最好在景区的偏远地区。

　　喀纳斯现在设立了扎营区，距离神仙湾停车场不远，鸭泽湖的旁边一大片的草原上，地势平缓，旁边就是喀纳斯河，取水做饭方便，远离公路，安静安全。

　　喀纳斯旅游区手机信号良好。

关于季节

　　9月中旬是喀纳斯最好的季节，色彩丰富。十一长假期间，白桦树叶子变黄，并开始落叶，走在林间小道上，三分之一的

叶子在树上，三分之一的叶子在地上，三分之一的叶子在空中飞舞。

9月底的喀纳斯，晚上气温在 5 ~ 10℃，需冲锋衣、抓绒衣全套配置，并注意防雨。

十一期间，禾木即黑湖附近的小河，晚上会结冰。

关于装备

9月到10月，喀纳斯自助徒步需要全套户外装备。不需要防狼、熊的武器，也不需要防蚊装备。在禾木可以补充食物。沿途道路还算好走，最好有手杖、雨披和铲子。

GPS 全程都可以使用，很少有接收不到信号的时候。

食物等最好在乌鲁木齐买好，也可以在布尔津买，价格差不多。在乌鲁木齐买馕，从北山羊出门向南 8 分钟，泰和酒店下面就是；在布尔津买馕，在市场右侧往前走 100 米。禾木的食品价格不贵，啤酒 3 元 / 瓶。

关于经费

从乌鲁木齐去喀纳斯，旅行社的报价是 600 多元。一般 6 天自助游的全程花费在 300 ~ 600 元，主要是往返车费和在喀纳斯景区住宿、吃饭、骑马的

费用。

从乌鲁木齐到喀纳斯，金龙面包，15座，3天3夜，往返1600千米，租价1800元，司机的吃住由我们承担（睡帐篷吃馕，呵呵），高速公路费用由司机承担。租马的费用是100元/匹，还要加上马夫的马和马夫工资50元/天，租得多可以砍价。

心灵高地

　　我们在云南的最后一站是"世外桃源"——香格里拉。远远望去，山体上用汉文和藏文写着"香格里拉"几个大字，这才真是"大"手笔。来香格里拉，不能不去寺院。噶丹·松赞林寺，汉语为"归化寺"，距香格里拉县城5千米，该寺为云南藏族佛教最大的名寺。全寺占地500亩，筑有坚固、厚实的城垣。开设扎雅、独克、东旺、龙巴、鲁古五道城门。扎仓、吉康两大主寺建于最高点，居全寺中央。大寺坐北向南，为五层藏式碉楼建筑。可容1600人跌坐念经。左右墙壁为藏经"万卷橱"，正殿前座供奉有五世达赖铜像，其后排列着著名高僧的遗体灵塔，内藏金银名画琳琅满目。正南为高耸的钟鼓楼，清晨、中午、黄昏击鼓报时，声闻十里；屋顶属新金瓦殿，金光闪耀，灿烂夺目。远近百里如见佛光。

　　一个小僧侣悠闲地在寺院里走来走去，他的目光明亮纯净，看不到如今像他这样年龄的正在上学的学生的那种眼神，也许是学业的压力，也许是对前途的迷茫，也许是纷杂世界的无所适从，也许是更多地来自外界和来自内心的烦躁，现在的中学生的烦躁和叛逆心理使得他们的精神世界空前空虚烦躁不安，他们逃往网络，寻求安心之处。不像现在我看到的寺院里的小僧侣的安逸。

现在，我理解了为什么这里的人家很愿意把自家的孩子送到这里来学习。因为在这里，最大的收获是得到心灵的指导。

风声雨声诵经声，声声入耳。在这里可以清心养神，呼吸幽静的芬芳。听悠扬的钟声，听深沉的诵经声，心静下来，阳光温暖起来，空气清新起来。面向阳光，沐浴温暖。清风吹拂，送来离心灵最近的祝福。

寺院的古树蓬蓬勃勃，预示着佛教的久远和伟大。每一棵树，都是有思想的。只是，我们能读懂它的又有多少？它的慈祥，它的高大，不就是佛教的"身姿"吗？这里，少有色彩，却富有温度。在这里，你不会把心灵冷却。

我想起《青藏高原》那首歌，李娜用身心吟唱出来，看到眼前的情景，此时我理解了李娜的选择。李娜和她的歌声，和她的心，一起找到了家。有人说她出家了，不，她是回家了，回到了心灵的家。

还有，在《红楼梦》中饰演林黛玉的陈晓旭也带着她的心来到这个家，留给人们倾国倾城的容颜，留给人们她那淡淡的哀愁。给世人留下很多疑惑，给世人留下很多猜疑。其实，她是回她的家了。

佛心宽厚，佛心温爱。

在这里可以触摸到宗教的体温，这种体温可以给善男信女以温暖。

室内是不可以拍照的，我们收起照相机，打开心灵，接受佛教温暖的普照。

我们虔诚地拂动着转经筒，那时，我的心是那样清静，心中只有感恩和祝福。

开启自己的心智，打开我们的心门。如今我们面临的最大困惑是现实与心灵的矛盾。宇宙观、心灵观、处世之道、交友之道、人格修养之道、理想和人生观，很多很多令我们茫然了，我们急需普降纯净我们心灵的甘露。这里可以安顿自己的心，以一种最亲切的姿态，走进我们心灵的戈壁，让我们看到了那片绿洲。

保持一种静美的心境，拥有一种平淡的心态。在纷繁中淡定，在苍茫中从容。人不应该因为外界的影响而变得突然高兴或者沮丧。淡定的力量给人的是一种内心的定力。有阳光照耀心灵，心底里便会一片碧绿。世事沧桑，风起云涌，坐看一株雅菊，它的鲜艳、它的芳香，是对你的问候。春天的温暖，夏日的热烈，秋天的清爽，冬雪的洁白，是四季对你的赐予。花红柳绿，山清水秀，是自然对你的赐予。拥有善美的心，夜里便拥有一轮清

月。拥有善美的心，清晨便拥有一轮红日。

游客格外地多，但秩序井然。这在其他地方是不可想象的，也许人们来到这神圣的地方，自觉地就变成了守规守纪的人了。

上善若水，大智若愚。浮躁的世界里，有没有景致更为开阔的人生？有没有令一颗心更乐意更快慰的通途？什么是我们值得奉守的东西？对自己的超越，对肉身的超越，精神，追求，是你的人生阳光。心，是自己永远的家。多少金钱的诱惑，多少权位的争夺，使人们抛弃了亲情、友情甚至生命。虚静的地方，是幸福的港湾。虚静的地方，是人的福祉。黄金之所以贵重，除了它的稀缺还在于它的稳重。它几乎不受外界的干扰，极少受到外界的腐蚀。充实自己，充实自己的思想，提升自己的心智，是使自己安乐的因素。天

籁之音，清幽之声，随着自己的心跳，雪花般弥漫，心旷神怡。用思想的力量，迎取智慧之光。

天地给予我们力量，信仰给予我们力量。我们应该学会提取、锻造这种力量。我们今天缺少了一种力量，其中最主要的原因就是我们缺少了一种信念。道德的迷失，精神的涣散，使得我们迷茫痛苦。心灵困惑，以其巨大的杀伤力，虐伤着我们的心灵。我们的眼睛，总是看外界太多，看心灵太少。如何去找到你内心的安宁？人人都希望过上幸福快乐的生活，而幸福快乐只是一种感觉，与贫富无关，同内心相连。这里可以唤醒我们的内心世界。治愈困惑的心灵，处方是那么的简约。关爱内心，关爱心灵，心灵便会关爱我们的一切，幸福便会弥漫在我们的生命之中。没有信仰，人生的天空将会黯淡无光。信仰是照耀我们前行的光，信仰是我们前行的动力。失去信仰，也就失去了人生的力

量，也就失去了人生的方向。只有美丽的心灵里蕴藏着快乐的元素，生命才会更阳光。

酥油灯闪亮着，照亮着人们的心。

来这里，给心灵一次滋养。来这里，启迪智慧、净化心灵、感悟人生。

虔诚之心，敬仰之心，善美之心，呼吸着幽静的芬芳，让信仰融在我们的生命里。乘信仰的光芒，做仁爱之事。在信仰的光芒下学会成长，在信仰的光芒下完善自我。

阳光明亮起来，天格外地蓝。这是我在山东几乎很难看到的那种蓝，没有污染的纯净的蓝。

在这里，可以看到很远，因为这里既是地理意义上的高地，也是我们心灵的高地。

在水一方

真正美好的地方，除了能带给你一个美好的风景，还可以给你一个美好的心情。它既可以养眼，也可以养心。

中国国际航空节是全球航空爱好者的盛大节日，精彩的活动、大量中外重量级嘉宾的出席、国际化的宣传推广、众多航空商务企业的交流，可以极大地提高莱芜的国际知名度。莱芜雪野成为中国国际航空节永久举办地，表演项目突出国际特技飞行表演，竞赛项目以动力悬挂滑翔机、热气球、跳伞、动力伞、滑翔伞、航空航天模型为主。届时将有十几个国家和地区的800余名运动员参加。

湖水清澈丰盈，树木或高大挺拔或依依柔曼。岸边的树木朝夕与水相伴，根须日日与水缠绵交融，使得它肌肤鲜嫩而富有神韵，就像那些长年生活在水边的女子，美丽、温柔和多情。

这是人间仙境。走进它，就像走进梦里，它是那样陌生，又是那样熟悉。你陌生，是因为这里你从没来过。你熟悉，是因为这里你曾来过，在梦里。这是世外桃源？这是一片纯净、美丽、清爽的地方。我想起了达摩达拉的一句话：只有可以自由享受广阔的地平线的人，才是世上最快乐的人。宁静而祥和，在美景中，在它打开人的视野的同时，也打开了人的心灵。这里的绿色

很养眼，也温润人的心。这里，一定生长着美丽的传说，一定隐藏着动人的故事。

我似乎是沿着一个时光隧道，步入远古。这里的人，拥有的是阳光，拥有的是单纯，拥有的是美好，拥有的是幸福。

我沉浸在自然的芬芳之中。天人合一的自然景观，平静坦荡的心怀是快乐的福祉。快乐的心情之藤，爬满支起阳光的地方，那幸福、快乐的果子便会甘香美甜。

恬淡，使现实更真切。恬淡，使生活更真诚。恬淡，使希望更贴切。恬淡，使未来更美丽。幸福，洋溢开来。

山水是生灵丰润的摇篮，人也成了山水滋养的最美的风景。

在这片有着清清湖水的地方，在这片依然保留着蓝色天空和悠悠白云的地方。这里湖若明镜，楼树桥船倒映其中，如诗如画。在时尚充斥的今天，这里更彰显出它独特的魅力和从容的力量。风景，只有和心境和谐时，才会放射出醉人的光彩，才能发出震撼人心的光晕。

风，柔柔的，像少女的小手，轻拂你的肌肤。

湖水，有时荡漾出一种幽怨，有时洋溢出一种欢快。乘船游走在雪野湖上，就像游走在漫漫的历史长河中。一个人，在历史的长河中，是多么的渺小，是多么的微不足道。在历史面前，在自然面前，我们才会感到一个人的真正位置。天空一片祥和，水一片安详。游兴正浓，忽见一条大鱼从水中跃出，跳到船上。你抓住这条鱼，兴高采烈、欢欣鼓舞，这条鱼和你有缘。你随手把鱼又轻轻丢进水中，因为这条鱼和你有缘，所以就应该把它放回水中，和你一起，和雪野风景区一起快乐生活。

水波荡漾，心情也随之激动起来。

水做的雪野，很嫩。水做的雪野，如此鲜活、如此生动。在水的怀抱里，你如此安宁。在水的怀抱里，你如此温润。阳光如此丰美，来到这里，你就知道什么是安详，你就知道什么是幸福。

雪野湖，以最优美、最随心所欲的姿态展示自然的造化，展示它的自然、原始和清纯的魅力。雪野湖，天堂之湖，湖水明净清澈。像一位蓝色的睡美人静卧在青山的怀抱里！如诗、如歌、如梦、如幻的韵味和情绪，还有一种晶莹透明的天籁在流淌。湖面呈现海蓝宝石般的色泽，这应该是一滴来自天外晶莹剔透的寒露，翡翠般光艳的水色暗含着奇异的魅力。深远宁静的湖水周围层层叠叠的松柏站得笔直，整个山谷漫山遍野的烂漫野花盛开到了极致，这是世上最迷人的微笑，给雪野平添了诗的神韵、画的色调、歌的旋律。山上的树木笔挺颀秀，挺直着雪野人的风骨。树身挺耸着生命的姿态，它告诉我们，美丽和伟岸，可以同时拥有。幽凉的叶荫下，松脂的暗香，花草的芳馨，野果的清甜，鸟的啁啾，虫的吟唱，叶的微语，随风弥散，潜入心间的是那自然的芬芳。这里的天，这里的水如此蔚蓝，这里生长着美丽，这里生长着幸福。这里的树木选择在洁净的水边生长，这些树木一定是智慧的、幸福的。生长，也因了这些优秀的水而出落得亭亭玉立、英姿勃发。它的生长，是那样的美丽和生动。这里的水，是雪野的柔。这里的山、这里的树，是雪野的刚。

　　雪野，纯美自然的地方。雪野鱼很出名，众多的人远道而来除了欣赏这美丽风景，就是为了这雪野鱼的美味了。这里的菜肴，多以绿色食品为主，禽蛋、山珍、野菜等，丰富而又鲜美。在这最自然的天地，品尝着没有污染的美食佳肴，是一个人最美的时刻。

　　留住脚步的风景，一定是美丽的风景。这摄人魂魄的地方，她沉涵的丽质和飘忽的灵性。雪野湖水，充满了柔美的动感。

　　大山大水，赐予这里朴实原始的秉性。自然的静美，是雪野的心态。铺满绿色的群山，苍苍茫茫，逶迤起伏，伸向远方。

　　空气清凉如水。

　　吉祥的白云，自由地飘。云，飘浮在蔚蓝的天空中。

　　这是圣洁的风景。梦幻般的山水，披着一身神圣的光。登高远望，雪野湖美景打开远方绿色群山的宁静、绵延。

　　这里的水，很嫩。在这里，人会变得鲜活、生动起来。在

　　自然的绿色怀抱中，栖息于山水间，自然的芬芳气息使人心旷神
怡。这里是温润的天然氧吧。

　　这里，是梦最芳香的地方。这里诞生神奇的神话，这里拥有
人间仙境。莱芜雪野，遥远的梦境，最近的风景。

　　我们匆匆穿行在都市现代文明下的霓虹灯的五彩灯光下，那
种奔忙、那种喧嚣在雪野湖的湖光中沉淀。这是一种洗礼，这是
一种滋润。

　　在水一方，这是生长梦的地方，这是最自然的地方，这是最

天然的地方。我把梦放在你这里，这里，是保存梦的最好的地方。

　　我想，我们应向雪野湖道歉，请它原谅我们打搅了它的宁静。我们应向雪野湖道谢，感激它使我们看到了一种壮美、绮丽。它给我们视觉的盛宴，它给我们心灵的盛宴。温婉、柔美、淡定、从容，雪野湖的美丽多姿，给我们带来春天的心境。她让我们心清气宁、恬静优雅，在这个时代里，始终保持一种优雅的生活姿态，始终保持一种优美的心境，则是一种有香味的生活，是一种美丽的生活。

梦向北川

　　北川兼有九寨之秀、青城之幽。北川，选择这样一个离山水最近的地方敞开胸怀，在彩云一般的天地间，构筑彩霞一样的梦想。北川，用自己柔曼的姿势把美好汇聚。北川，用自己柔曼的姿势把最美的风景描绘。

在一个春天的日子里，到一个美丽的地方，是一件多么幸福的事情啊！走进北川，走进美丽。北川，你是一个梦。北川，有以禹里为中心方圆数千米的大禹故里风景名胜区，集自然景观与人文景观为一体；有以猿王洞险山自然风景区为代表的川西北最大的溶洞群，集奇、险、秀于一身。此外，还有明代所建的古城堡遗址永平堡，浓郁的羌族文化旅游资源。春天来到这里，你会感到生命和鲜花的芬芳。夏天来到这里，你会感到清风徐徐。秋天来到这里，你会感到落叶有声、天高云淡。冬天来到这里，你的心依旧会感到温暖。

灾难震痛了你，大爱重铸了你。北川羌城旅游区由中国羌城——永昌、"5·12"特大地震纪念馆、北川羌族民俗博物馆、

北川新县城景观轴（巴拿恰商业步行街、禹王桥、抗震纪念园）、吉娜羌寨等高品质旅游景点组成，总面积6.01平方千米。其中，中国羌城——永昌，不但集羌族建筑之大成，更汇聚了党和国家、全国人民、海外侨胞及全社会的无疆大爱；"5·12"特大地震纪念馆不仅是全国爱国主义教育基地，还是全国最大、最全面纪念"5·12"地震事件的纪念馆；北川羌族民俗博物馆是全国唯一全面展示羌族历史文化的民俗博物馆，是中国民俗博物

馆北川分馆，也是中国最大的羌族民俗博物馆，被誉为"中国羌族第一馆"。吉娜羌寨是羌族文化体验观光地，也是羌族传统文化保存最完整的村寨。总有一个地方贴近我们的心灵，总有一个地方让我们难以忘怀，总有一个地方使我们魂牵梦萦，总有一个地方让我们心驰神往。

风景滋养着我们的心情，心情之花在风景中盛开。自然，总是有着温润的情怀。走在自然温润的情怀里，你会发现幸福如此简单。大自然的多姿多彩，在这里展现得淋漓尽致。药王谷旅游度假区是我国第一个以中医药养生为主题的山地旅游度假区，也是"5·12"地震后四川省内首家按国家 AAAA 级旅游景区标准新建的旅游景区。位于中国唯一的羌族自治县——四川省绵阳市北川羌族自治县境内的药王山上，如今行政区划上属北川羌族自治县桂溪乡林峰村，度假区总面积约 10 平方千米。药王谷所在区域盛产中药材，山林遍生百年药树，相传华夏中医始祖岐伯

（据史考岐伯乃四川绵阳人）和药王孙思邈都曾长住此山采药治病，山上居民一直有供奉药王菩萨的习俗，药王谷因此得名。这个海拔 1500 多米的高山景区，上千株百年辛夷树上，硕大的花朵嫣然绽放，暗香远袭。其花色由白到粉、由粉到紫，漫山遍野，如诗如画。我用视觉贪婪地把你抚摸，我用身心痴迷地感受你的体温。

走进它，就走进了美丽的童话。走进它，就走进了一个灿烂的风景。国家 AAAA 级旅游景区九皇山猿王洞景区，位于大禹故里、中国唯一的羌族自治县——四川省绵阳市北川羌族自治县。南距成都 170 千米，北接九寨 260 千米。成都至九寨的旅游环线穿景区大门而过。景区集人文与自然之大成，以古朴的西羌文化为主线，完整地保留、真实地再现了史称南蛮、北狄、东夷、西羌之一的且如今唯一尚存的古老的西羌文化遗迹与生活习俗，浓郁的羌族风情、奇险的自然风光吸引着中外游客。九皇山猿王洞

景区以"羌文化"和"羌族风情"为主线，融合区内的森林、溶洞、河谷、山岳四大生态，风光独异、风景绚丽、风情万种。

景区中有各具特色的石灰岩溶洞 23 个及广阔茂密的原始森林。景区包括猿王洞核心景区、西羌酒店、猿王洞险山宾馆、松山别墅度假村、具有原汁原味羌族特色的羌寨风情园度假村、占地面积 1 043 100 平方米的中国最大的狩猎场、被誉为"交通活化石"的羌寨溜索、代表古老的西羌建筑文明的石碉楼、中国最大的两级跳跃式高空滑道、亚洲最惊险的观光索道及天然矿物质温泉洗浴中心，并完整地保留和再现了古老的西羌人的生活习俗、饮食文化、服饰文化、建筑文化、宗教文化，它们共同构成了九皇山猿王洞景区生态多样性与文化多元性、运动休闲性与观光娱乐性有机结合的景区特色。这里蕴藏着一个魔幻般神奇美妙的天然画廊，就像一位看似平凡的人，却拥有着博大的胸怀和丰富的思想。

这里有瑰丽奇谲、荡气回肠的雄峻壮美，这里有梦境般的奇异世界。我们好像穿行在岁月沧桑的历史丛林，感触着大自然的造化。你是雄伟激荡的交响乐，豪迈、博大。你是清澈悠扬的轻音乐，深邃、悠长。

北川，你是一个美丽的梦。北川，你神奇如画，壮美如梦。多少次，我梦回北川。多少次，北川入梦而来。

春天，走进铁山寺

　　春天，是那么单纯。春天一来，花就开。就像真理，往往是一种最朴素的表达。春天，走进铁山寺，穿行林间，薄雾打在身上，心生丝丝婉约。春天的心，是三月的桃花。春天是什么？气象学者说，春天是一个季节；诗人说，春天就是美丽的诗；父亲说，春大是耕耘；母亲说，春天是温暖；少女说，春天是花朵；青年说，春天是希望。在铁山寺有一片翠竹林，它们端直挺秀、疏密得体，走在竹林里，就像走在美丽的童话里。林中一片静谧，风雅宜人，疏风醉影。真是"竹径条条通幽处，游人处处画

中行"。走在竹林里，心静下来。竹秀山空灵，在这样的一个地方，脚步变轻、心也柔软如水，感受着自然温润的情怀。杏花春雨，多风筝的春天，多燕子的春天，多花朵的春天，多美好的春天。遍地生动，在春天；遍地鲜活，在春天。大自然的多姿多彩，在这里展现得淋漓尽致。这里有野生树种 274 多种，主要植物有两面针、金钱草、贯众、葛藤园、漆树园、槲树林、朴树林等。其中既有南方物种，如两面针、情人果、江浙钓樟，还有北方的物种大叶朴，更有中草药 800 多种，还有绞股蓝、猕猴桃、活化石物种、蕨类物种，以及谈树色变的咬人树，古树、古木，千姿百态，构成了这一原始森林的自然生态。蹲下来，和一株小草对视，静静地，端详一株小草，你会惊艳于小草的静美，它们是善解人意的，时刻倾听你的心语。山灵湖自清。天泉湖水域 9 平方

千米，湖面开阔，轻雾迷蒙。湖面四周层层山峦，近山浓翠，湖光山色交相辉映。天泉湖有百种鱼，国家一级保护鱼类"中华鲟"在天泉湖中试养成功。这里还建有大型养殖基地，盛产银鱼、鲢鱼等，这些生灵构成了绚丽多姿的世界，阳光、雨露、大地、蓝天一起美丽着我们这个世界。感谢大自然，给了我们如此生动鲜活的一切的同时，滋养了我们浮躁的心灵。和煦的阳光，打在身上。这里弥漫着春天的芳香，幸福再次来临。春天的花，开了。多么希望你们能够慢慢开放，这样你们就可以开得更长久一些。就像我们的幸福，也希望它慢慢滋润我们的心，那样幸福就会温润我们更长久一些。

一个人，往往有着过多的负担和忧虑。当我们走进铁山禅寺时，心灵为之震撼，外界的喧哗在这里荡然无存。铁山禅寺始建于东汉末年。铁山寺有记载的第一座梵刹，历代屡毁屡建，香火不断。清代中期，达至鼎盛，形成以铁山寺为中心，以清凉寺、开山寺、白马寺、黄岩寺、奶奶庙、汪姑庵为辅的十四座庙宇的寺庙群落，晨钟暮鼓，诵经念佛，附近两省善男信女均不辞路远，前来顶礼膜拜，佛事之盛，被时人誉为"小九华"。禅悟，是从内心生出来、长出来的，这种形态，很自然，很贴近心灵，甚至任何语言都将失去表述力。

累了，停下来。坐在路边，感受

着铁山寺的脉搏，欣赏着美丽的景色。抬头，蔚蓝色的天空。远望，一望无际的美景。风一吹，清爽怡人。我们给自己物质上的东西越来越多，但我们给自己心灵的又有多少呢？树木，大片地生长着；草，大片地生长着。它们储藏着美丽的传说，诉说着美丽的神话。有一种情结，总让我们感怀。

美丽的风景，禅意的圣地。铁山寺，心灵的家园。走进铁山寺，思想和美景同行；走进铁山寺，心情与美景一起美丽起来。

江北水城

　　聊城，江北水城。聊城，最显示其特色的便是水了。江北水城，有"中国江北地区罕见的大型城内湖泊"之誉的东昌湖以及湖中心已有千年历史的聊城古城只是其引以为豪的城市名片之一。聊城曾经是"漕挽之咽喉，天都之肘腋"，被誉为"江北一都会"。聊城，城中有水，水中有城，城河湖一体，船在水上行，人在画中游。

　　古运河河水清澈丰盈，垂柳依依柔曼。聊城，在古运河的

怀抱里，千年万年一路走来。河两岸的柳树，长着柔柔顺顺的枝条，瀑布般倾泻下来。它朝夕与水相伴，根须日日与水缠绵交融，使得它肌肤鲜嫩而富有神韵，就像那些长年生活在水边的女子，美丽、温柔和多情。

在这片有着清清河水的地方，在这片依然保留着蓝色天空和悠悠白云的地方，京杭大运河从南向北穿过阳谷、聊城、临清，流经聊城境内长达百千米。明清时期，聊城借京杭运河漕运之利繁荣 400 余年，城内商贾云集、会馆林立，河中帆樯如林、舟楫相接，成为运河九大商埠之一。清康熙帝四过聊城，乾隆帝更巡幸聊城九次之多。

来到聊城，不能不到山陕会馆。它始建于乾隆八年（1743），会馆复殿正堂的脊檩上至今仍保留着"乾隆八年岁次癸亥闰四月初八日卯时上梁大吉"的朱墨文字。在会馆里，山门、戏台、钟鼓二楼，每个细节都渗透着乡情乡思，有着让人解读不尽的醇厚韵味：画梁雕柱是终南山的木料，巧夺天工的精美构件是汾阳木工的匠心。走进会馆山门，迎面便是华美的戏楼，戏楼门上大书"岑楼凝霞"四字，其意为戏楼虽小，但高可与彩霞相接，内饰华丽，好似彩霞一般。门两边各有一幅线雕石版画，左为松鹤，右为梅鹿。戏楼前的天井内巨碑矗立，古树参天，蓊郁成荫，庄严肃穆。戏楼正面雕梁画栋，各种彩绘浓墨重彩。楼顶造型奇特，白色葫芦顶，外檐向四隅伸出十个翼角，如凤凰争飞，似孔雀斗艳，最能显示古建筑的艺术匠心。山陕会馆俗称关帝庙，以作"祀神明而联桑梓"之用，联的是乡情，敬的是关公。会馆极盛时期，内外共有各种花灯 350 盏，每更换一次蜡烛就需要 350 支，其中大殿供桌前的一对大蜡烛有五尺多高，直径超过一尺。据说，两个大蜡烛点上后可以燃烧一年。每年快到关帝生日的时候，那个商人就选好日子，用一头小毛驴驮着两支大蜡烛起程了，在关帝生日这一天赶到聊城，点上新蜡烛以表对关帝的尊敬。山陕会馆关帝大殿前有两只石狮子，雕琢之精美堪称绝世。

京杭大运河穿长江过黄河来到聊城，荡舟聊城运河，河水清清，杨柳依依，沿线古桥、古塔、古寺到处可见，石雕、石刻、庙宇遥相呼应，好不惬意。

这里，流域面积在 30 平方千米以上的河流有 23 条，其中流域面积在 100 平方千米以上的有 3 条。黄河在东部奔腾咆哮百余里；运河从中部蜿蜒曲折过市区；卫河从西部携水弄潮冀鲁豫；还有马颊河、徒骇河等纵横交错，东昌湖、鱼丘湖相互辉映。仅聊城市区，湖、河水域面积就多达 13 平方千米，占建成区的

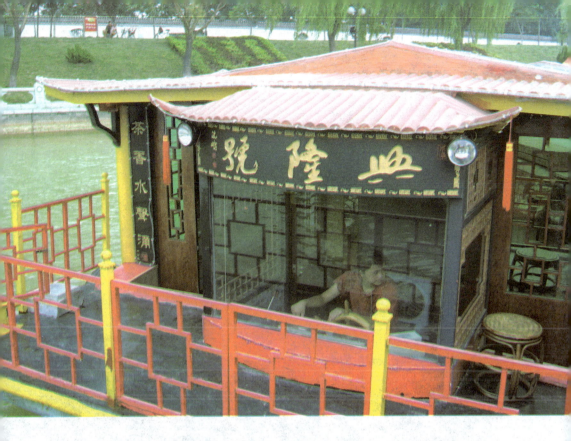

1/3。众多的河流，美丽的湖泊，使聊城形成了"湖水相连，城湖相依，城在水中，水在城中，城中有湖，湖中有城，城河湖一体"的独特水城风貌。水，造就了聊城，聊城，也造就了水文化。水孕育了生命，也造就了文明。

多少名人雅士，多少传奇故事，滋养在一方水土里。《水浒传》《金瓶梅》《聊斋志异》《老残游记》等古典名著中描述的许多故事都发生在聊城。军事家孙膑、唐初名相马周、哲学家吕才、宋代医学家成无己、明代文学家谢榛、清代开国状元傅以渐、"义学正"武训、抗日名将张自忠、国画大师李苦禅、领导干部的楷模孔繁森、国学泰斗季羡林等，都是聊城人。这是聊城人的自豪。

名胜古迹，数不胜数。山陕会馆、光岳楼、宋代铁塔、海源阁等名胜古迹和新景点孔繁森纪念馆，遥相辉映；湖若明镜，楼

树桥船倒映其中，如诗如画。来到聊城，你会感到祖国的大好河山是多么壮美。

来到聊城，你不能不去临清。来到临清，你不能不去清真寺。临清原有三座清真寺，现保存完整的是北寺和东寺。临清清真寺建筑规模宏大，建筑风格既具有伊斯兰宗教建筑特点，又更多地体现了我国传统的木结构建筑风貌。在鲁西北地区可称寺庙之冠，充分表现出古代劳动人民的聪明才智，又体现出中华各民族大融合、大团结的优良传统。游览完清真寺，可径直登上大运河堤，再回头遥望清真寺，大殿雄姿巍峨，铜顶高耸入云，金光闪烁，迎旭日朝晖，送晚霞余虹，仰对碧空繁星，无不赞叹古代劳动人民的智慧和高超技艺。清真寺，阿拉伯语称为"麦斯吉德"，意为"礼拜的场所"，临清俗称"礼拜寺"。

望月楼，沐浴房，南、北讲经堂，南、北角楼，正殿，后殿，影壁，后门等殿、堂、楼、阁86间。

望月楼为歇山重檐牌楼式建筑结构，精巧而玲珑别致。门楣正面镶毛泽东手书"清真寺"匾额。望月楼后面悬挂两块匾额，一块书"正意诚心"，另一块书"彝伦攸叙"，系清代乾隆、嘉庆年间名人书写。这里的一切是那么安详、那么端庄。纯美的圣地，在这小城中不声不响，但却始终影响着小城，给小城的人们带来吉祥。穿过望月楼，便步入石材垒砌的丹墀，四面玉石栏杆环抱，一座宏伟壮观，富丽堂皇的高大建筑便展现在面前，这就是清真寺的主体大殿。它由隆起的前殿、后殿、抱厦等组成勾连搭式建筑。殿顶为庑殿式结构，是封建社会规格最高的建筑形式，殿顶覆有黄、绿色琉璃瓦，飞檐四出，犹雄鹰振翼，雄伟壮观，殿门为落地花格扇，斗拱、透雕挂落，雀替仍保留着明代建筑的风格。正门两侧悬挂的是清代康熙年间临清知州、著名书法家王勃书写的楹联,上联是:"物何明伦何察萃千古希贤希圣俱是克念得来";下联是:"乾资始坤资佳极两仪成象成形莫非真宰造化"。正殿广厦后檐连接着后殿,殿顶为勾连搭式,上部是三个六角形伞盖式亭楼为主体的窑亭,窑顶峰折陡峭,攒尖顶部装以鎏金葫芦形装饰。大殿左右,建有角亭对称。角亭建在台基之上,玲珑剔透,将大殿衬托得更加庄严肃穆。大殿南北两侧便是讲经堂相互对应。讲经堂前为卷棚廊厦,花格落地门,八角开窗,匾额、楹联装点其间,似透露出缕缕书香。进入殿内,深沉而神秘的气氛扑面而来。殿内列柱林立,高人而空旷,墙壁上彩绘以暗红、棕和金色的卷蔓纹及阿拉伯文字组成的图案。殿正中设有"圣龛",朝向圣地麦加,

右方有敏拜楼，殿间有拱门贯通，殿内可供 2000 余人礼拜。弥足珍贵的是殿内拱门两面墙体上仍保留着明代的壁画，花卉果树，生动写实。后殿藻井绘制更是精巧，以阿拉伯文字和花卉组成几何形图案，工整细腻，古朴典雅，历经数百年仍光彩照人。整个清真寺建筑，是由两排左右对立、中高两低的木牌坊与歇山重檐楼阁合为一体。建筑形式以我国传统为主调，透露着外来气息，布局精巧，结构紧严，舒展大方，是不可多得的建筑艺术佳构。院内古柏参天，幽深静雅，名人佳句、先贤哲语跃然匾额楹联之上，让人赏心悦目，流连忘返。我们为古老的建筑感叹，并用敬仰的心态观看这神圣的建筑。

东寺，与北寺遥相呼应，是著名的临清三大寺之一。东寺始建于明代成化元年（1465），距今已有 500 多年的历史，占地面积 200 000 多平方米。建筑由大门，二门，穿厅，正殿，对厅，

南，北讲经堂，沐浴室等组成。正殿为宫殿式造型，殿顶呈凸安形四角飞檐，门为落地格扇。殿内松木地板，悬阿文经字匾六块，水彩各形阿文通天木柱八根。尤为珍贵的是殿内至今保存的30幅绵纸壁画，为国内同类建筑中仅见。殿内圣龛两侧为阿文圆光，左侧字意为"你们进入穆斯林行列吧"，右侧字意为"你们进入主的乐园吧"。殿堂内雕梁画栋富丽堂皇。对厅面阔三间，进深二间，落地格扇，六门相连，八角两窗，前有门楼彩绘精雕，造型别致。上悬古匾三方，为"万化朝真""一本万殊""道有统宗"。整个建筑融中国传统建筑艺术与伊斯兰文化为一体，是不可多得的建筑艺术精品。

　　临清历史悠久，西汉初年即设立县治，多年来就有"小天津"之称，是运河重镇。临清的街道，干净、安宁，走在城区里，你的脚步不会因都市紧张的节奏而加快脚步，你可以随着小城悠闲的节奏漫步街道，感受慢节奏带给人的幸福。

　　聊城，祖国大好河山中的一颗璀璨明珠。

藏满神话的华山

　　华山，在莱芜的西北部，它像一枚精心雕琢的玉，温润、细腻。它是一处天然氧吧，绿色、清新。这里生长着美丽、古朴，这里孕育着梦幻。它总面积 46 平方千米。境内山峦起伏，沟壑纵横，有大小山头 96 座，其中海拔 700 米以上的 25 座。西部最高点为香山，海拔 918.7 米，是全市海拔最高的山峰，东部最高点为大山，海拔 823 米。相传大舟院、志公殿、白龙庙、黑龙庙、永宁崮等古迹遗址距今有数百年甚至上千年历史。这是一座美丽而神圣的山，这是一座使人神往的山。当我第一眼看到它时，我的心被震撼了。那种冰清玉洁，那种高峨威武，那种摄人心魄，那种超凡脱俗，使得我联想起泰山和天山，它们有着完全不同的风格，它既有着泰山的壮观，又有着天山的风姿。

　　走在梦里，走在画里。这里有雄伟的山峰、茂盛的森林、多姿的奇石、深奥的潭瀑，又有各种依附于山水的传说故事和古迹遗址。黑、白龙潭是莱芜市著名景观，自古有"八宝莱芜县，黑白二龙潭"之说。这里有黑（白）龙王庙、太子庙、玉皇庙等古迹遗址和诸多神话传说故事。这里绿荫掩映，淳朴壮丽，树木遮天蔽日，郁郁葱葱，地上绿草茵茵，花团锦簇。圣洁的森林里，幽凉的叶荫下，松脂的暗香，花草的芳馨，野果的清甜，鸟的啁

啾，虫的吟唱，叶的微语，随风弥散。

绿水青山，相互辉映，兽鸣鸟啼，醉荡芳心，丰富多彩的植物景观，珍贵稀有的动物生态，组成了一幅天然的画卷，体现了大自然的风姿。

我们进入一片滋养生命的绿色氧吧。

传说天宫上一位神仙羡慕人间的生活，便来到尘世下凡。玉皇大帝规定他只能选择人间十九座华山的一处定居。他走遍了十九座华山，有"一鉴四海双眸空"的西岳华山，有"兹山何峻秀，绿翠如芙蓉"的济阴的华山，有太行山区的黄华山，有江南九华山……都没有使他动心，后来他来到了莱芜的华山，它气势磅礴，洋溢着一种雄奇、壮丽的美。他高兴极了，决定留在这里。神仙们纷纷前来帮助，为他修建住处和整理园地，东海黑白两条龙在华山劈开两条清澈见底的深潭，织女栽下美丽的山花，兜率陀天神给他移来小泰山，托塔天王给他建起观龙亭。神仙们很是羡慕这里，每年秋天，各路神仙都前来这里相聚，在华山又留下了许多的石刻和遗迹。神仙羡慕的天堂，原来离我们这么近，可是我们浑然不知，真是遗憾！

传说迷魂阵是古时候周围村民用来祭奠神灵的，祭奠神灵需要用全猪全羊。一次，有一人在祭祀时说："什么全猪全羊啊！少个尾巴少条腿，没有什么关系的！"他没有祭奠完就往回走。行至半路，突然看到洪水滚滚而来，挡住了他回家的路。一袋烟的工夫以后，祭奠的村民赶来，他还困在那里。村民们问他怎么不走了，他说："前边是滚滚大水，无法前行。"村民笑道："哪有什么大水啊？"他如梦初醒，是自己说了不恭敬神灵的话，陷入了迷魂阵。

人应该有敬畏之心。敬畏自然，敬畏长辈，敬畏生命，敬畏世界。

看到山中有一处小庙，我们的脚步自动变得轻缓，因为怕打扰这里的清静。

小庙周围的古树蓬蓬勃勃，预示着佛教的久远和伟大。这里的每一棵树，都是有思想的。只是，我们能读懂它的又有多少？它的慈祥，它的高大，不就是佛教的"身姿"吗？

天上人家，这里是清凉的高地，这里是天上的森林，这里是天上的河流。

山，是俊朗的；水，是温润的。

有水的华山，是生动的华山。这里的水，很嫩。

有水的地方，美丽总会伴随而生。这里也不例外，它像水灵灵的姑娘，浑身散发着青春的美丽和活力。

水，使华山灵动起来；水，历来都是最动人的生灵。我之所以把它称为生灵，是因为我认为水是有生命的。水与生命相连，生命与水相通。有一群孩子在这片清凉的水中嬉戏，虽说已是中秋，但孩子们在水中的嬉戏和欢笑，给我们返璞归真的感觉。我羡慕生存在这里的人，他们是幸福的，他们是快乐的。美丽质朴的风光，美丽质朴的人们，幸福不会远离他们。孩子们天真可爱和纯真的笑脸，是这里的另一道风景。这些孩子像生长在这里的蓬蓬勃勃的绿色植物，有着极强的生命力，保持着自然的原生态。这些赤条条的孩子像天使一样，给了我们欢笑。只有亲近自然，才能回到童年、回到纯真。

这里的摄人心魄的自然生态之美使人流连忘返，使人魂牵梦萦。我们匆匆穿行在都市现代文明下的霓虹灯的五彩灯光下，那种奔忙那种喧嚣在这片山水中沉淀。这是一种洗礼，这是一种滋润。

这里的山水温婉、柔美、淡定、从容，美丽多姿。返璞归真，推崇自然的时尚，给我们带来春天的心境。

在千年银杏下，我们呼吸着历史的气息，感悟着历史的沧桑。

大舟院建因有依山脉曲折起伏而建的石院墙，形似船形，故名。这里山势陡峭，谷地幽深，森林茂密，景色秀丽，环境幽雅，并有志公殿遗址。

这里是清爽的高地，这里是天然氧吧。这里有雄伟的景象震撼人心，这里有清静风景美丽醉人。

导游说这里有一个长寿村，这里的人都很长寿。

一个文友说："我不回去了，我就住在这里了。"

是啊！住在这天然氧吧里，住在这美丽的地方，该是一种多么奢侈、多么幸福的生活啊！

多情的海南，
美丽的海南

这里的水，很嫩。

海南，梦中的海南，走进你，走进梦里。海南是中国南端最大的岛屿，是天涯海角，纯净的碧海珊瑚、简单的岛居生活，这就是海南。浩渺宽阔，神秘无边的南海，诱惑着多少前来旅游的人。它的色彩不是五彩缤纷，它有一种水墨画的风格，散发着水

墨画的芬芳。

椰风海韵，使人醉而忘归。这里有碧波滔滔，有环海而卧的沙滩，有一棵一棵摇曳的椰子树。这里有天涯海角，为你见证爱情。生活在大都市的人们，来到这里，尽享阳光，尽享天然。海水清澈幽蓝，整个海面就像一块巨大的深蓝的绸缎迎风招展。海水有时汹涌澎湃，有时安详静美。海风把你抚慰，海水把你滋润。珊瑚礁丛造型奇特，陡峭壮观，水在阳光下分了几层颜色，每一层都在展示着她迷人的风情。多情的海南，美丽的海南。大群水鸟追逐嬉戏，不时溅起一串串欢快的浪花。这里的天，这里的水，如此蔚蓝，这里生长着美丽，这里生长着幸福。这里，天人合一，人与人和谐相处，人与自然和谐相处。自然纯朴的海南人，洋溢着阳光般的微笑，洋溢着阳光般的欢乐。海南的小阿妹，纯美动人，阳光般的热情，水一般的柔情，是海南最美丽的另一种风景。

这里被称为"海上丝绸之路"。自古商贾往来络绎，早在隋代，我国已经派使节经南海到过今天的马来西亚，唐代高僧义净亦由此到达印度。当年那些满载着陶瓷、丝绸、香料的商船在此驶过。海上文明，使我们对南海有了一种虔诚的端详。

海南，温润的海南。海南的水清秀温和，海南的人温润平和。海南迷人的亚热带风光，淳朴的少数民族风情，给我们留下深刻的印象。

这里的石头嶙峋兀立，因水而生温柔浪漫。石头以大丈夫的沉默守望着，海水以柔美女子的多情环绕着。力与美，刚与柔，在这里有了最完美的结合。

椰林、沙滩、海浪，迷人的海南风光。

夕阳时分。落日把海面染成灿烂辉煌的金色与红色，又为椰

子树刻下浓黑的剪影——白天的风轻云淡在此时都变得浓烈了。

我们一路走来，领略着大自然的美景，这里的花多姿多彩，精美的睡莲，妖艳的扶桑，素雅的三角梅，使得我们心花怒放。

被国际旅游组织列为 AAAA 级旅游点的五指山位于海南岛中部，五指山峰峦起伏，形似五指，故得名。这里简直是人间仙境，林木苍翠，白云缭绕。五指山中的最高峰为二指，海拔 1867 米，在一峰二峰之间，山势非常险要，有一座由天然巨石架成的"天桥"，传说是座"仙桥"，神童仙女常到桥上云游玩耍。二峰之后是三峰，原是五指山的最高峰，后被雷劈去一截。接着是四峰、五峰，这 5 个峰虽然峰巅分立，但 5 个峰却山体相连。五指山，鬼斧神工，真是大自然的造化。

海南，拥有着无数大自然的赐予，五指山区遍布热带原始森林，层层叠叠，逶迤不尽，给海南增添了一种神秘的色彩。进入原始森林，在圣洁的树林里，幽凉的叶荫下，松脂的暗香，花草的芳馨，野果的清甜，鸟的啁啾，虫的吟唱，叶的微语，随风弥散，潜入心间的是那远古的清寂。五指山还是珍禽异兽的王国，这里生活着的动物，计有两栖类、爬行类、鸟类、兽类，等等。

据记载，南丽湖风景区是省级旅游生态示范区，其内的南丽湖是因修建水库而形成的人工湖，湖面面积 12.3 平方千米，怀抱大小岛屿 16 座，如弯月，似清眉。湖岸绵延 138 千米，湖内有 20 多种野生鱼类，如白鲢、沙蚌鱼等。南丽湖湖畔的丽湖银湾大酒店是四星级休闲生态度假酒店，占地 135 亩，拥有水陆客房 402 间（套），会议室 8 个（5000 平方米），餐厅、烧烤园（3886 平方米）等配套设施齐全。

在海南，人会变得鲜活、生动起来。在海南的怀抱里，你会变得异常安宁。这是人间的天堂，栖息于山间、海边，树木的芬

芳气息使人心旷神怡。海南，你如此温润，海南的阳光，你如此丰美。

海南，你悠悠的脚步，度量着明静的心情，度量着岁月的从容，你静静地，随着时光流逝散步般地前行着。来到这里，你就知道什么是安详；来到这里，你就知道什么是幸福。海南，古朴，幽静。在时尚充斥的今天，古朴更彰显出它幽幽的魅力，古朴是更从容的力量。风景，只有和心境和谐时，才会放射出醉人的光彩，才能发出震撼人心的光晕。

阳光下的海南，亮丽的海南，风情万种的海南，多情的海南。

海南，我美丽的梦境。

大漠飞歌

　　在新疆，有一个地方默默无闻，这个名气并不大的地方，却有着使人魂牵梦萦的魅力。去过那里的人们，无不被那里的沙漠震撼。在一望无际的戈壁荒漠上旅行，独有一份苍凉之美，荒凉、寂落，浩瀚、雄浑。

　　一个地方，有美丽的自然风光，这是大自然的赐予。一个地方，有深厚的历史文化，这是古人的赠予。大自然赐予鄯善博大，赐予鄯善浩瀚。库木塔格大沙漠广袤无垠，2500平方千米之大使人震撼。沙漠边缘，就是鄯善。这里，大漠与城市相连，绿洲与黄沙相伴，飞鸟伴驼铃起舞，大漠风光与江南秀色相映。这种自然景观极其罕见，是自然造化，还是上天赐予？

　　新疆鄯善的大漠，别具风格。大漠，是异域极致的风光。大漠给

予这里的，是粗犷与神秘。

不要把沙漠作为一种风景。因为：大漠的厚重、辽远，已超出了风景的含义。它不是单薄的美丽，而是一种壮丽。更多的时候，显现的是一种悲壮。沙漠的深处，有古老的历史，有深厚的文化。

无风的大漠，宁静得像一个淑女，亲切得像我们的母亲，细腻平滑的沙漠，可以抚平人们心底的一切纷乱思绪。

来到大漠，心灵便得到一次洗礼。

大漠上的太阳明晃晃的，赤裸裸的阳光，赤裸裸地洒在赤裸裸的大漠上。

阳光很好！

起风了。

风，造就了沙漠的各种神态。有的像大鹏展翅，有的像动物头颅，有的像筋脉琴弦。无际的沙海，蜿蜒起伏不定的沙涛翻腾鱼跃，有的还酷似沙岭长城。沙漠地形地貌有沙窝地、蜂窝状沙地、平沙地、波状沙丘地、鱼鳞纹沙坡地、沙漠戈壁混合地等。沙丘轮廓清晰、层次分明；丘脊线平滑流畅，迎风坡流沙似水，背风坡流沙如泻。

唐代文书称："大海道，右边出柳中县界，东南向沙州一千三百六十里。常流沙，行人多迷途。有泉井，咸苦，无草。行者负水担粮，履绕沙石，往来困弊。"

只要风不大，有风的大漠便有了更多的灵性，生动极了、美丽极了。大漠有了风，便有了翅膀。被风吹动的沙子如同海浪一般在沙丘与沙丘之间荡漾着，风把它们的足迹顷刻间就打磨得无影无踪。

沙漠，正如时间，不论人的足迹多么深，都会将它抹平。人生的苦难也可以被时间抹去，不留下任何痕迹。赤足走在绵软的细沙上无论是视感、手感，还是足感，都觉得是在绸缎里行走。

大漠荒原，千年胡杨，宁静、博大，同时升腾在这精神圣地。大漠，是我们的精神高地。大漠，滋养着我们的精神。我们的精神，在大漠的上空尽情飞扬。大漠的上空，飞扬着思想的翅膀。

大漠的前身，也许是美丽的绿洲，也许是繁华的都市。它拥有美丽的风光，它拥有深厚的文化。只是，沧海桑田，今天它把大漠呈现在他们面前。

是迷失，是永恒？

感谢大漠，它让我们懂得了很多。

大漠，以它的从容让我们敬仰；大漠，以它的大寂大寞让我们感叹；大漠，以它的一望无际使我们目光高远，以它的平展使我们把一切的患得患失统统留下。大漠，静静地对我诉说，诉说沧海，诉说桑田。任何一个人，在大漠面前仅仅属于它的一粒沙粒。大漠之大，一个人是多么的渺小，多么的无力。

大漠，是一种厚重的历史，足够你读它千遍万遍，足够你读它千年万年。只有用心，才能把它读懂。把一颗心贴紧大漠，你会感觉到大漠的心跳；把一颗心贴紧大漠，你会感觉到大漠的呼吸。走进大漠，用心灵走进大漠，所有的风沙为你的心灵洗礼。只有真正用心灵走进大漠的人，大漠才会使你魂牵梦萦。大漠，像一位父亲，满脸沧桑、静默深沉。他的脚步坚定，他的肩膀宽厚，他的目光深邃，他的思想深沉。

这里的阳光，是一种赤裸裸的阳光，是一种没有粉饰的阳光，是一种无遮无掩的阳光，是最纯、最真的阳光。大漠最懂得阳光，阳光最懂得大漠。站在大漠上，沐浴着阳光，大天、大地尽现眼前，你多么的富有！

大漠，使我们的心灵飞扬。

大漠，不属于贫瘠。大漠，不属于荒芜。它的宽阔，如天、如海。它的深处，埋着它的心脏，永远的怦怦跳动。大漠，是心脏的起搏器；大漠，是心灵的按摩师。大漠，使你的激情激荡；大漠，使你的浮躁安顿。

大漠，人生的父亲。

大漠，人生的母亲。

坐在大漠上，心静如水。

一只风筝升上天空，大漠生动起来、鲜活起来。

梦境飞扬的地方，幸福落定。

梦楼兰

　　楼兰，曾经的辉煌，曾经的喧嚣，已不再来。楼兰，一个神秘的古国，就这样遁入远方。

　　关于楼兰，关于它的远古的荣华，关于它的神秘消失，关于它的一切一切，我们疑惑、我们叹息。楼兰曾是古西域的一个小国，建国距今已有 3000 多年，后改名为鄯善。在《史记·大宛列传》中，曾有中国历史上对楼兰的第一次记载："楼兰、姑师邑有城郭，临盐泽。"在《汉书·西域传》中，详述了楼兰作为丝绸之路重镇的情况，"鄯善国，本名楼兰，王治扞泥城，

去阳关千六百里，去长安六千一百里。"其记载中楼兰有"户千五百七十，口一万四千一百，胜兵二千九百十二人"，繁盛时期，古鄯善国的疆土东起罗布泊地区的古楼兰城，西止精绝国（今尼雅遗址），可谓地域广阔。楼兰，现在成为遥远的历史记忆。

楼兰，一定是个诗意恣意的地方。多少文人墨客的笔端触及楼兰？李白的《塞下曲》中有"愿将腰下剑，直为斩楼兰"的诗句。诗人王昌龄在《从军行》中曾写道："青海长云暗雪山，孤城遥望玉门关。黄沙百战穿金甲，不破楼兰终不还。"就连僧人也对它情有独钟。唐朝僧人玄奘在《大唐西域记》中记录道：东行入大流沙，沙则流漫，聚散随风。人行无迹，遂多迷路，四远茫茫，莫知所指，是以往来者聚遗骸以记之。乏水草，多热风。风起则人畜昏迷，因以成病。时闻歌啸，或闻号哭。视听之间，恍然不知所至，由此屡有丧亡，盖鬼魅之所致也。……至纳缚波故国，即楼兰地也。楼兰，故去的天堂。

昔日的罗布泊消失了，一个古国被埋在这里。楼兰，睁着惊恐的眼睛，迷失在漫天风沙之中。

守望大漠的，只有胡杨。

千年的守望，是否迎来一丝命运的光亮？

也许也是命运使然？

那遥远的地方，在天边。其实遥远并不遥远，它在你的梦里，也在你的心里。

如今，面对浩瀚荒漠中的废墟，很难想象它最初的容颜。

楼兰曾是古西域交通枢纽，是塔里木盆地东部的十字路口，往西、往东、往南、往北可通向西域全境，形成交通网络。公元

　　前104年，汉武帝为求大宛宝马，派贰师将军李广利率军西击大宛，李广利大军就是经过罗布泊的楼兰古国后，来到地势高敞的高昌，在那里建立了高昌壁。楼兰的丝路南道、中道和北道，一直是丝绸之路的主要通道，楼兰则是这三条通道必经之地，"常主发导，负水担粮，迎送汉使"，但却因为身处汉、匈奴两强之间而无法顾全，卷入危险、复杂的旋涡之中。因充当匈奴耳目，阻挠甚至攻劫汉使等罪，其楼兰前王曾先被汉将赵破奴破姑师时所擒，后被贰师将军李广利攻大宛时所获，但楼兰仍是在汉与匈奴间左右摇摆。正是这样一处西域要地，至公元330年前凉时期，经数百年的繁荣后，悄然消失了。留给我们的是荒漠和叹息。

　　瑞典探险家斯文・赫定来到这里，他的发现给了世界一个惊奇，他的眼睛有着西方人的幽蓝，他的脚步有着探险家的坚定。
"楼兰终究被人们完完全全忘记了，仿佛已从地球上清除了一般。"他叹息道。

　　33 年后，他再次来到楼兰古城，楼兰使得这个西方人魂牵梦萦。这次他看到了楼兰美女在等待着他，也许，这是一个千年的约定。这次，他又有了新的发现：在一个船形木棺中，他发现了一具经 3800 年仍保存完好的女尸，那是一个年轻高贵的"睡美人"，她长发披肩，脸上的皮肤已经硬得像羊皮纸，但形状和容貌并没有因时间而改变。她闭着已深陷的眼睛躺在那里，微翘的嘴角上挂着微笑。他在日记中写道："她无疑看到了楼兰驻军去攻打汉朝部队，看到了成队的战车和士兵，她也会看到经过楼兰的大小商队带着昂贵的中国丝绸由此西去。""荒原的微风掠过她那黄色的脸颊，掀起了她的长发。她孤独地在坟墓中躺了 2000

多年，直到今晚才走出墓地，又回到了这个世界上。但此时她已变成一具木乃伊，河水又回到她曾度过短暂一生的土地，正在唤回树林、果园、田地、牧场的生命，但她已经很久没有看到这些景色了。""她没有泄露以往的秘密，当年繁华的楼兰古城充满生机的绿色大地，春日中泛舟湖上，这一切昔日的生活都被她带入了坟墓。"这位西方探险家，一次次领略着东方的神秘。

古楼兰的消失，有人认为，是由吐鲁番的高昌直通焉耆的天山南麓道，吐鲁番通敦煌的大海道代替了经楼兰的道路，而使其由繁荣变得萧条，周边环境恶化。有人认为，楼兰国毁于大规模"太阳墓葬"中的砍伐树木。"太阳墓"上木桩由内向外圆形排列，并呈太阳光芒状规则放射，据说早期楼兰周围森林覆盖率达40％，但七座"太阳墓"中成材原木量竟达1万多根。也许，这是一个永远的谜。

有一个梦
埋在历史的深处
有一种美丽
盛开在过去的春天里
躲进岁月
藏入大漠
用寂寞掩盖热烈
荒芜弥漫辉煌
但我仍然可以望见你
跃马奔腾
那飞扬的披风

是你前行的旗帜
辽阔
空旷
千古之谜
如黄沙漫漫
沧海桑田，
千年一叹
记忆的天空
云起云落
人生的大海
潮起潮落
生生落落
烟云从头过
楼兰
你那轮明月
又在哪里升腾
你的歌声
在远方飞起

莲花山

  普里什文在《一年四季》里写道："人身上包含有自然界所有的因素，如果人愿意的话，他可以同他之外的一切生物产生共鸣。一座山，一朵莲花，就这样联系在一起；一个高峻，一个美丽，就这样联系在一起。"

  一座山，起了一个花的名字。

  莲花山，一听到这个山名，我就有些向往。虽说以前也去过，但还是想再次登临。我参加了《莱芜日报》、莱芜新闻网组织的采风活动，又一次拜访了莲花山。莲花山又名宫山、新甫山，因九峰拱围如莲，故名"莲花山"。它距莱城 15 千米，总面

积 17 平方千米，有大小山头 10 余座。主峰莲花尖海拔 999 米，是莱芜第一高山。峰巅容量 17 万立方米的莲花天池，为山东第一高山湖泊。景区内沟壑纵横，山高水长、风光秀丽，自然和人文景观计 100 余处。我们为莲花山的多姿多彩所折服。

　　远离城市的喧闹，我们来到静如莲花、美如莲花的胜地。

　　文友们有的端庄优雅，有的诙谐幽默，给此次爬山带来美好的感觉。我们互相品味着网友们那怪异的网名，观赏着莲花山那奇异的风光，此时，怪异的网名和奇异的风光相映成趣。

　　我们一边爬山，一边交流写作体会和对莲花山的感觉。莲花山有着丰厚的历史文化积淀。我国最早的文学典籍《诗经》就有"新甫之柏"的记载。公元前110年，汉武帝曾巡游莲花山，遗有"迎仙宫""汉离宫""甘露堂"等古迹。唐宋以来，这里为一方香火圣地和游览胜区，形成了佛道儒诸家并存、互相影响的文化格局。综览山中诸多寺观、庙宇、庵堂遗址，亦可洞观莲花山辉煌的古代文明。在抗日战争和解放战争时期，莲花山为革命根据地，著名的"莲花山起义"彪炳千古。我们对莲花山肃然起敬。

　　这里的树木过滤着阳光的影子，倾听风的声音。它的生长，是那样的美丽和生动。

　　不同的时期来莲花山会有不同的感觉，莲花山一年四季敞开胸怀。春天，有淡黄的迎春花垂崖绽放，还有漫山遍野的百花竞开，蜂飞蝶舞。夏天，绿荫覆盖，流水潺潺，观云海、看飞瀑、沐松风，清爽惬意。秋天，天高云淡，赏红叶、品野果，接受大自然的赐予。冬天，瑞雪纷飞，莲花山银装素裹，雾凇、冰花、冰瀑、冰柱构成了冰堆玉砌的美妙景观。我们一面爬山，一面对大自然感怀。

　　莲花山，有三条游路，东路看绿，中路看险，西路看水，形成了"汽车开上山，邀游莲花尖，天池去垂钓，宫山观夕照"的游览特色。

　　神山圣水，在这里体现得淋漓尽致。莲花山奇石天趣，妙造自然。古猿猴、白象石、雄狮出山惟妙惟肖；真假猴王、金童玉女形象逼真；玉麒麟、石奶奶、灵龟拜观音呼之欲出。莲花山碧水长流，海拔860米处的莲花天池乃华东第一高峡平湖；玉莲潭、碧莲潭、红莲潭清明如镜；杏花泉、槐花泉、玉液泉屑玉流

104

辉。山比五岳秀，水比西湖美，是对莲花山的真实写照，每年七十二场浇花雨，莲花河瀑布成群，龙潭瀑、红莲瀑飞花碎玉；云门瀑、莲花瀑飞流直下，生落沉雷，蔚然壮观。莲花冰瀑景观壮美，冬季因水流重重结冰，形成长约百米的巨大"冰龙"，银麟玉爪，势欲腾飞。这里，山是俊朗的，水是清冽的。

每一块石，似乎都蕴藏着一个故事、一个传说。这里寺庙古刹遗址，诉说着莲花山的古代文明，展示着佛家的深奥，儒家的高古，道家的真妙；诉说着秦汉古风，唐宋遗韵；诉说着安期生得道成仙的奇妙、莲花仙子修炼的真功……我们为齐鲁人的想象力和大自然的巧夺天工喝彩。

圣洁的树林里，幽凉的叶荫下，松脂的暗香，花草的芳馨，野果的清甜，鸟的啁啾，虫的吟唱，叶的微语，随风弥散，潜入

心间的是那远古的清寂。莲花山山峻壑幽，绿荫覆盖；莲花河曲折蜿蜒，瀑潭连珠，清澈透明，流水潺潺，源头直至海拔 900 米的甘露池。山绕水转，水秀山明，透出一种"悠然心会，妙处难与君说"的意境。这是圣洁的风景。梦幻般的山，披着一身神圣的金光。登高远望，她的美景打开远方黛青色群山的宁静、绵延。

有一个文友对山上的花草异常钟情，我们都警告他："路边的野花你不要采！"他却说："不采白不采！"

谈到花草，他眉飞色舞。

说笑归说笑，见他还真的把那些花草包好，并歉意地对周围的花草说："我把你的姐妹带走了，对不住了！不过，我会善待她的！"

他说，她们寂寞地开在寂寞的山崖上，紫色的小花盛满了安详，她的美引起了他自私的贪念，他要带几棵回去，他想把她做

成盆景，放在家里自私地观赏。但在山上时他却不知道她就是唐磊歌中的丁香花，直到下山，在回莱芜的路上，有人告诉他，她的名字叫丁香花，可以入药。此时，他哼起唐磊的歌："你说你最爱丁香花 / 因为你的名字就是她 / 多么忧郁的花 / 多愁善感的人啊……"

莲花山，给了我们视觉的盛宴，给了我们心灵的盛宴。这里诞生神奇的神话，这里拥有人间仙境。这里有天然氧吧，这里是心灵的家园。

她精美的梦境，是我们快乐的天堂，这里有我们遥远的梦境，这里是离我们最近的风景。

大美钢城

　　钢城，有着大山的巍峨气势，又有着汶河柔美的风姿。钢城，有着钢铁的硬实性格，又有着瓜果飘香的田园景色。钢城，有着现代脚步的铿锵，又有着古老历史的厚重。人文钢城，散发着永恒的芳香。

　　钢城区，有着深厚的文化底蕴，那穿越千古的文化成为现代钢城人纯净心灵的甘露。对钢城人文的心灵重温，会创造出心灵的碰撞。穿越千古的时间隧道，体悟人文精神内核。在对历史文化的景仰中，我们依然感到那遥远的光芒。有一种光芒，即使穿越千年万年，仍然可以照耀着我们。它的体温，即使穿越千年万年，仍然可以温暖着我们。

　　在钢城，文化的身影几乎随处可见，这是一个盛产传说的地方。在棋山有一座玄之又玄碑，"玄之又玄"语出道家创始人老子的《道德经》，"玄之又玄碑"又名"雪蓑碑"。明朝万历年间（1573—1620），棋山观村西盖起一座宏伟的庙宇，但感觉缺少一个碑，村里的人便请各地书法工匠来商议。正在这时，人们看见有一位老人飘忽而来，老人雪白的胡子，脚穿草鞋腰系草绳，来回穿行于商议立碑的人们之间，并不停地问这问那。书法工匠们不耐烦地问这位不速之客："怎么？莫非你也想写吗？"谁知老人听罢此话，竟然脱去鞋子，以脚拭墨，写出"玄之又玄"四个草字，只见这四个草字笔势如蛟龙腾空，人们无不惊叹。随后老人穿上草鞋，一转身，便消失得无影无踪。后来，人们才知道老人是住在雪蓑洞里的雪蓑。雪蓑，河南杞县人，工书法、善诗赋，喜欢古董和炮制药材，并能行医看病。他浪迹江湖，性情怪诞，高兴时开怀畅饮，醉眼蒙眬中尤其喜欢冒雪披蓑。雪蓑约生于明成化末年，死于嘉靖末年。他与莱芜腆膳官董空壶是八拜之交，因此多次游历莱芜，经常歌咏题词，留下许多墨宝。其书法如老干怪虬，苍古逼人，尤其喜欢书写大字，往往信手飞步，倏忽而成，矫健有势。雪蓑碑现存于棋山观村内，据考证立于明朝嘉靖三十七年（1558），高 3.13 米，宽 1.18 米。碑正面刻写"玄之又玄"四个大字，有雪蓑的款识、立碑的年月和一些工匠的姓名。"玄之又玄"中仅一个"之"字就长达 2.62 米，"玄又玄"三字在捺左，如神龙摆尾，既表达了雪蓑身属道家对宇宙之宏观，又展现了道人狂放不羁的性格，是莱芜市重点文物保护单位。如今，玄之又玄碑历经风风雨雨，依然散发着神秘的色彩。走近玄之又玄碑，你会感到先哲的灵魂和着文化的芳香在弥漫着。虽古

老，但依旧有着鲜活的呼吸，如春风轻轻地掠过。这是精神的丰碑，这是文化的象征。每当看到它，仿佛走进历史的隧道，触摸到历史文化的体温。历经岁岁月月，今天的我们依然可以寻到历史文化的体温，在历史文化的体温里为我们的心灵取暖，这是我们钢城人的幸福。它像一位历史老人站在那里，令我们产生无比的敬仰。我们不得不为古老的玄之又玄碑感叹，我们用敬仰的姿势观看这神圣的凝固文化。

棋山，几乎是风景与文化的聚集地。一个地方，有着深厚的文化，是祖先的赐予；一个地方，有着美丽的风景，是"上天"的赐予。棋山文化历史悠久，宋代的佛洞子、棋山观，明代的后宫、佛爷殿、雪蓑碑，近代的徐向前元帅碑、抗匪英雄碑等人文景观，形成了深厚的棋山文化内涵。棋山风景区，位于莱芜市钢城区里辛镇东部，海拔596米，总面积25平方千米。棋山，自然景色优美，人文古迹荟萃。这里树木茂密，是天然氧吧。幽凉的叶荫下，松脂的暗香，花草的芳馨，野果的清甜，鸟的啁啾，虫的吟唱，叶的微语，随风弥散，潜入心间的是那自然的芬芳。这里的树木选择在洁净的水边生长，这些树木一定是智慧的、幸福的。生长，也因了这些优

秀的水而出落得亭亭玉立，英姿勃发。它的生长，是那样的美丽
和生动。莱芜古八景之一的"棋山柯烂"坐落于此。嘉靖年间莱
芜史志上所载诗云："流水行云世代殊，石棋山上有樵夫。至今
传说樵柯烂，不识当年柯烂无。"传说棋山脚下棋山观村有个叫
王质的，一天，他上山打柴，来到棋子垭，见有两位老者下棋。
他对此很感兴趣，他便悄悄站在一位老者背后观看。一会儿，他
感到口渴了，便端起老者的一碗水喝了一口。随后，奇怪的事情
发生了，他眼前忽明忽暗，就像白昼黑夜、春夏秋冬来去匆匆的
感觉。等两位老者弈罢离去，他才想起砍柴之事，回头一看，斧

柄已烂。回到村里，竟无一人认识他，原来"山中方一日，世间已千年"。棋山文化历史悠久，以儒、道、释三教，天、地、人三才融汇的文化特色浓郁鲜明。棋山风景区，中国古今文化相交融，自然人文景观相呼应。棋山后宫，始建于 1513 年，距今已有 500 多年历史。观棋台，是今人为游客观仙人对弈设定的一个景点。相隔 1000 米，但见棋子正在凡眼不能窥视的神人手里欲拾欲落，全然已脱离了整座山体，使人暗自叹惋，这里是最佳观赏角度，哪怕方圆百里差个毫米也会失去最佳效果。雪蓑洞，洞口面北，呈簸箕状，高约 1 米，宽 10 余米，上方阴刻"雪蓑洞"三个行书大字。入洞后向东南方向延伸有一条通道。传说明朝嘉靖年间有姓苏名州的雪蓑道人曾经在此居住修炼仙道。棋山又是革命老区，徐向前元帅亲笔题写的"抗日阵亡烈士纪念碑"是革命传统教育基地。这里的棋山柯烂、后宫、雪蓑碑、雪蓑洞、佛洞子、三清殿、抗日烈士纪念碑等名胜古迹众多，如今，望海石、人站泉、石瓮、风箱道燕子窝、后洞等 20 多个景点又进入人们的视线。在这美景中，它打开人的视野的同时，也打开了人的心灵。它给予了我们视觉的盛宴，也给予了我们丰美的精神盛宴。在时尚充斥的今天，古朴更彰显出它幽幽的魅力，古朴是更从容的力量。这里，是离心灵最近的地方。这里的风景最为深沉，这里的风景最有厚实感，这里的风景最有思想，这里的风景亘古不变。

最值得一提的是花鼓锣子，它的表演惟妙惟肖，很受大众欢迎。花鼓锣子源于莱芜颜庄一带的民间舞蹈，自清朝末年流传至今，已有近百年历史。这是颜庄历史遗留下的宝贵文化遗产。从形式到内容，花鼓锣子也在不断地发生着变化。最初的花鼓锣

子的演唱形式为五人集体舞。领头者为青年英雄扮相，一身青，紧束口，腰系板带，足穿薄底靴，头戴英雄巾，此人打鼓；第二人打小锣，为姑娘扮相，梳一条大辫子，绿褂红裤镶金边，足穿大缨子花鞋；第三人为丑角扮相，一身青，反穿山羊皮坎肩，手打夹板；第四人为姑娘扮相，穿着同第二人，打小镲；第五人为丑角扮相，打扮同第三人，肩背褡子，打雨伞。演员表演时蹦蹦跳跳，舞姿优美朴实，并不时插科打诨，做许多滑稽动作，是老百姓极为喜闻乐见的表演形式。如果对其深入挖掘不断补充新的更有活力的元素，相信它一定会焕发出青春，焕发出更强的生命力。

报载，山大文物普查工作队在莱芜发现鲁长城。这一发现将为我国长城史、古国史、战争史和周代考古提供了重要实物资料，也为钢城人文的源远流长提供了又一个有力的证据。新发现的这段鲁长城，西起莱城区的崇崖山，向东沿徂徕山余脉蜿蜒分布，东至黄羊山与青羊岗一带，全长30余千米。长城遗迹均位于山岭北侧，由石砌的城墙与城堡组成，城墙现存高度一般在1米左右，厚度为1.2～2.8米。现场勘测显示，这段城墙多修筑于两山之间的平缓地带，并于山顶之上构筑城堡和防卫哨所，悬崖绝壁之处则往往依据自然天险。城堡多呈圆形或近圆形，居于山顶最高处，由2～3个城圈依山势修建。城堡内中央部位常见有圆形或方形石砌建筑。大盘顶是此次调查中所发现的面积较大的城堡，南北最长85米、东西最宽42米，该城堡城墙最厚处3米左右，残存高1.1～2.5米；城堡内残存石砌方形房址20余座，目前大多数仅残存高0.3～0.4米的底部。有学者认为，与齐长城相比，现存鲁长城的墙体较窄，体量较小，除了考虑防御北部劲敌齐国之外，更应关注其经济上的功能，即城墙和城堡的"关口"征税功能。普查队员在长城遗迹所经过的山顶及山下关口附近还发现了多处春秋战国时期的遗址。

钢城文化遗迹承载着历史的风雨，承载着文化的厚重，它是钢城的精神财富。在钢城区辛庄镇赵家泉村，至今可以寻到春秋战国时期牟国故城的遗址。牟国遗址，位于莱城东二十华里的赵家泉村，为市级重点文物保护单位。在村西发现的石碑上记载："大清光绪二十五年岁次梅月，重修古牟国城寨。"《中国古今地名大辞典》记载："牟，周国名，子爵，故城在今山东省莱芜县东二十里。"《春秋·桓公十五年》又云："牟人，葛人来朝，汉置牟县，晋东牟，南朝复故，北齐省，隋置牟城县。宋又省。"明《嘉靖莱芜县志》也记载："牟城在县东二十里，隋开皇间分属兖州，

今废。"这一古老城址，南北长 620 米，东西长 520 米，总面积为 32.24 万平方米，原城墙底宽 15 米，拐角处呈弧形，建有南、北、东三个城门。据查，1929 年前城郭尚好，后因当地群众用地和改河造田，东、西、南三面城墙遭到破坏。现在，只剩下北面 300 米左右的残墙段，最高处距地面 5 米。遗址中出土的陶鬲、陶罐及其他器物残片，多为春秋时期的文化遗物。陶鬲内还存有一条硬化了的卤鱼。牟国故城址的文化遗存中，有较明显的叠压层，上层以汶代文化遗迹尤为丰富，下层则有明显的商周文化遗迹。可见遗迹与文献记载相符，即春秋时期的牟国与汉朝的牟县故址。正如《中国历史地图集》所说："牟城是莱芜境内出现的有文字记载的唯一的一个都城。"呼吸历史文化的芬芳，人文精神融入我们的现代生活中。

钢城孕育着灿烂的文化，有着浓烈人文气息和众多历史遗迹。浩瀚、深邃的钢城人文之河，滋润了钢城本土的人文思想、人文精神和人文景观，滋润着钢城前行的铿锵步伐。钢城古迹遗痕，记忆着钢城的史脉与传衍，记忆着钢城的自信和从容。一个地方，正是有着人文的东西，才会支撑起这个地方精神的大厦。一个地方，正是有着人文的东西，才会不至于显得精神单薄或者精神虚弱臃肿。一个地方，正是有着人文的东西，才会变得昂扬充沛富有底气。一个地方，正是有着人文的东西，才会洋溢出幸福，才会散发出永恒的魅力。人文的东西，有着淡定而恒久的力量，如火把，照耀着人们前行的脚步，如阳光，光合出人类文明的果实。

一座古城，
一部厚重的历史

一座古城，就是一部厚重的历史。

驻足滦州古城，这古色古香的古城让我们心怀崇敬。滦州古城，原为殷商时期黄洛城旧址，距今已有 3500 多年的历史。它是一位历史老人，历经风雨、饱经沧桑。

如果你是梦，那我就不愿醒来。梦是飞扬的，而你凝重。滦州古城，留给我们厚重的思索。喧嚣浮躁、灰飞烟灭，而历史恒久、空寂永恒。据旧志载，滦州城设东西南北四门，与城内四条大街相通。十字路口有钟鼓楼一座，俗称"阁上"。古城四门之上，均嵌有一块平滑的碑石，上刻各门名号，东门叫"御滦门"，为防御滦河水灾之意；西门叫"迎恩

门"为西对京城感谢皇恩迎接钦命之意；南门叫"安岩门"因岩山状如伏虎，安岩即"降伏、安抚"之意；北门叫"靖远门"，因元朝残余势力经常南下侵扰，"靖远"含有"绥靖威镇"之意。四门建筑规格一致，均高大宽敞。门洞高 2.1 丈，宽 1.75 丈，长 5.5 丈。门外围筑半月形城墙，名"月城"，也叫"瓮城"。瓮城半径 9 丈，其城门稍矮于主城城门。东西月城门朝北，南北月城门朝东，瓮城与主城浑然一体，上面马道垛堞紧密相连，敌台、垛口和城垛、瓮城前后交错呼应，守护城防，无懈可击。历史旋转着身子，让我们从后影看到前身。筑起历史的站台，透视一个岁月的内脏。一个响亮的历史取样，复制了一个久远的呼吸。一段段唱酥了的故事，又翻身深深喘息。谈笑之间，打捞结晶的情节。

东门白义庵，供白娘子；西门文昌庙，供文昌帝君；南门关帝庙，供汉寿亭侯；北门真武庙，供龟蛇二神。此外城内城外还有按皇朝旧制统一设立的庙宇，如文庙、武庙、魁星阁、玉皇阁、城隍庙、五道庙、三官庙等，以及纪念当地历代名人的诸公祠和一些其他宗教性建筑。

让他三尺又何妨的"仁义胡同"的传说，在滦州世代相传，古朴的民风源远流长。这里的人们是幸福的，因为纯净——纯净的生活，纯净的劳作，纯净的心灵。保持一种静美的心境，拥有一种平淡的心态。在纷繁中淡定，在苍茫中从容。人不应该因为外界的影响而变得突然高兴或者沮丧。淡定的力量给人的是一种内心的定力。有阳光照耀心灵，心底里便会一片碧绿。心静下来，阳光温暖起来，空气清新起来。面向阳光，沐浴温暖。清风吹拂，送来远方的祝福。世事沧桑，风起云涌，坐看一株雅菊，它的鲜艳、它的芳香，是对你的问候。春天的温暖，夏日的热烈，秋天的清爽，冬雪的洁白，是四季对你的赐予。花红柳绿，山清水秀，是自然对你的赐予。拥有善美的心，夜里便拥有一轮清月。拥有善美的心，清晨便拥有一轮红日。

清末十大巨案之一、轰动全国的杨三姐告状的故事曾经发生在这里。灰色的古衙门楼、灰色青砖砌成的墙垣、灰色青条石铺就的路面、灰色的檐瓦、灰色的古城墙、老头灰色的衣帽……灰色是这里的流行色。这里少有色彩，却饱含温度。历史古城，是我们世代的精神财富和栖息居所。历史古城，洋溢着温情和暖意。古衙门楼是一处典型的明清式木构建筑，门侧两壁呈八字状外撇，两大檐柱为披麻裹漆朱红木柱，柱基分别为方形莲花式和覆盆式石础。梁架斗拱不见一钉一铆，全是榫接结构。四角飞檐，筒瓦盖顶，正脊上嵌砖雕花卉，两侧各嵌一吞脊怪兽，蹲立朝

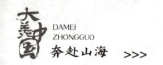
天，张目上顾。州衙后院就是"北花园"，为全城制高点，登园远望，州城尽收眼底，一览无余。古城，我的至亲至爱的古城。我想，走出千里万里，滦州古城依然在我梦里。走出千里万里，滦州古城依然在我心里。

风风雨雨，滦州古城自辽代筑城历经宋、金、元、明、清、民国至中华人民共和国1100多年，阅尽人世沉浮，饱经战乱沧桑。古城就像美酒一样，时间越久，越是醇美。它给我们视觉的盛宴，它给我们心灵的盛宴。原始、古朴、纯净、质朴。这里是滋养生命的天堂，这里是静养心灵的天堂。

滦州古城，精神圣地。

滦州古城，心灵家园。

梦里水乡

　　有一个水乡在梦里，在我的梦里有一个水乡，那就是白洋淀。它位于北京、天津、保定三地之间的安新县境内，距京津各140千米，距保定45千米，是华北平原上最大的淡水湖。淀内沟渠纵横，共有143个大小不等的淀泊，白洋淀是众多淀泊中面积最大的一个，故以此命名。淀区内共有36个村庄，8000公顷芦苇。河淀相连、沟壑纵横，苇田星罗棋布。走进它，便走进梦里、画里。电影《小兵张嘎》、散文《荷花淀》、小说《雁翎队》，讲述的故事就发生在这美丽的地方。

白洋淀水域辽阔，烟波浩渺，势连天际。白洋淀芦苇荡漾，它朝夕与水相伴，根须日日与水缠绵交融，使得它肌肤鲜嫩而富有神韵，就像那些长年生活在水边的女子，美丽、温柔和多情。白洋淀中有自然形成的千亩荷花淀，每年的农历五至八月份、白两种荷花盛开，淀内香气四溢。白洋淀水域辽阔，春季青芦吐翠；夏季红莲出水；秋季芦苇金黄；冬季泊似碧玉。白洋淀物产丰富，盛产大米、鱼虾、菱藕和"安州苇席"，被誉为美丽的"鱼米之乡"。明代诗人鹿善继叹曰："白洋五日看回花，馥馥莲芳入梦来。"

鸳鸯岛度假村正成为中国情侣文化胜地，岛内有宏伟壮观的"天下第一铜锁"，灵秀神圣的"月老祠"和集聚着世界各地珍奇鸳鸯的"鸳鸯池"。鸳鸯岛度假村以"爱情"为文化理念，将古老的爱情传说与中国爱情的象征"鸳鸯"结合起来，诠释着中国的情侣文化，把"鸳鸯岛"打造成"中国爱情岛"，创中国情侣文化品牌。有爱的白洋淀，更增添了一份美丽动人的色彩。

人的心灵美，就像这里的荷花。荷花观赏区内荷塘 15 公顷，蜿蜒曲折的荷桥穿梭于荷塘之中，犹如一条玉龙在荷塘中游动，穿芦荡、跨荷塘，把三区景观有机地连在了一起，游客可踏桥赏荷、观鱼、戏水留影，每到夏季，荷花盛开，争艳斗艳，花香怡人，站在桥上俯瞰眺望，天水一色，苇淀相连，渔帆点点，妙趣天成，独特的自然风光和荷塘奇景尽收眼底。

我似乎沿着时光隧道，步入了远古。这里的人，拥有的是阳光，拥有的是单纯，拥有的是美好，拥有的是幸福。

快乐的心情之藤，爬满支起阳光的地方，那幸福、快乐的果子便会甘香美甜。这里水域宽广，水质清澈，周围芦荡莽莽，水中荷叶田田，蒲草萋萋，芡头丛丛，菱角点点。风和气清，百鸟翔集，白洋淀风习习，波光粼粼，视野开阔可以看到淀区秀丽的风景；夜晚渔家灯火，鸳鸯映月，如诗如画可以让你领略微风环抱的感觉。

这里水光天色，四季竞秀。春光降临，芦芽竞出，满淀碧翠；每到盛夏，"蒲绿荷红"，"岸柳如烟"；时逢金秋，芦花飞絮，稻谷飘香；隆冬季节，坚冰似玉，坦荡无垠。淀内沟壕纵横相连，芦荡、荷塘、渔村星罗棋布的地貌在全国独一无二。叠叠荷塘、莽莽芦荡是白洋淀的特色景观。

水孕育了生命，也造就了文明。

这是一个风光旖旎的地方。

生活在大都市的人们，来到这里，尽享阳光，尽享天然。放河灯是淀区渔民为祈求吉祥而形成的传统习俗。每年阴历的七月十五晚上，人们用榆皮面调上植物油做成窝头状的灯，放于荷叶之上，一边点燃一边奏乐。整个大淀到处都有荷灯闪烁，构成了灯的世界，场面十分壮观，美不胜收。

在这里，人会变得鲜活、生动起来。在它的怀抱里，你会变得异常安宁。这是人间的天堂，栖息于山间、水边，树木的芬芳气息使人心旷神怡。

风，柔柔的。像少女的小手，轻拂你的肌肤。这里的风景，不但美丽，而且完全可以说它是如此动人。水，有时荡漾出一种幽怨，有时洋溢出一种欢快。一个人，在历史的长河中，是多么的渺小，是多么的微不足道。在历史面前，在自然面前，我们才会感到一个人的真正位置。水波荡漾，心情也随之激动起来。有

水的地方，美丽总会伴随而生。这里也不例外，它像水灵灵的姑娘，浑身散发着青春的美丽和活力。它蓝得异常动人，和天空蓝成一色，和天空醉在一起。水是辽阔的，天是辽阔的。心，也辽阔起来。来到这里，心随之真切起来。

鹰排前后各有几个鹰架，放鹰时，一声口令，鱼鹰"哑哑齐下"，墨色身形如黑云压城，遮住银鳞出没的淀面。这时，鱼鹰在水中一会扎猛子潜入水中，一会仰头浮出水面。有的鱼鹰嘴里叼着鱼头钻出水来，鱼尾在淀面来回甩动；有的两三只鹰齐心协力抬上一条大鱼。牧鹰人眼疾手快，一手抄回子，把鱼头抄进去，一手抓鹰，把鱼扔进舱里，顺手拿出一条小鱼填进鱼鹰嘴中，用手一抻皮条的活扣，鱼鹰的皮囊解开了，小鱼便进入鹰嘴。然后用篙一架，把鱼鹰放到架上休息。这一连串动作，麻利有序，不能有一丝迟延。

打水仗是白洋淀水区人们常用的一种水上娱乐方式，游客也可以参加：分为两组，分别乘一条渔船，在水质清凉、行船较少的区域，打水仗开始，双方用船工早已备好的泼水工具（脸盆、勺子、雨衣等）"围追堵截""相互攻击"，炎热的夏天，清水泼溅在身上，好玩刺激！在白洋淀也体会到了"泼水节"的乐趣。

吉祥的白云，自由地飘。云，飘浮在蔚蓝的天空中。

这是圣洁的风景。梦幻般的天堂，它给我们视觉的盛宴，它给我们心灵的盛宴。原始、古朴、纯净、质朴。这里是滋养生命的天堂，这里是静养心灵的天堂。

读你，用我的心灵

　　这是一段低矮颓废的石墙，站在它面前，它没有给予我视觉上的震撼。周围茂密的野草和高大树木没有烘托出它的伟岸，反而喧宾夺主地暗淡着它的存在。我这样说也不对，首先我对野草们和树木们道歉，大自然中你们也是主人，我不该说你们喧宾夺主。自然界中的任何一个生命或物质，都是主人。我们应该敬重它们。我要说的眼前的石墙不是普通的石墙，它是一段遗存下来的齐鲁边界的鲁长城。此时，它默默地留守在这荒郊野外，它在守望着什么？是守望遗失的时空，还是守望一种信念？是守望心中的疆土，还是守望早被收容了的战火？你看到了风云变幻，你看到了历史沧桑。你看到了风雨云，你看到了悲欢离合。你该更懂得什么是虚无，你该更懂得什么是永恒。

　　我看到的是沉默，我看到的是无语。在这沉默中，我感到了它的伟岸和壮怀激烈。

　　我们匆匆地拜访了这段颜庄境内的古长城遗址，还没有读懂它，就要离开它了。

　　我不仅没有读懂它的心，甚至没有读完它完整的容颜。

　　接下去的路程里，有泉水的地方一个接着一个，这种滋养生命的天使没有翅膀，她不是来自天国，她来自大地的心脏。这种

温润的生灵，滋润着大地上的生命。

张老师说，我们村民经常来打这里的泉水喝，比你们花六七元钱买的水还好喝哪！

我们说，你别馋我们啊！你再说，我们就在你们这里落户了。

旷野里笑声飞扬。

我此时也看到了泉水的微笑。

九龙山就在前面，我们一路上看到因为修路被切开的山体，那种被解剖的肌体真实而美丽，让我们读到大山表层以下的内容。

当然，这还不是大山的实质。大山的实质，用眼睛你是读不到的，要想读到大山的实质，需要用你的心灵。

再往前行，远远望去，有着布满斑驳花纹的一片山体，这就是九龙山的龙鳞。

再往前行，一片茂密的森林。

这里面的负氧离子含量很高，是一片天然氧吧。湿润的空气中，弥漫着松脂的芬芳。

来这里洗肺吧！吐尽你在大都市里或工业区里吸进的浊气，吸进这没有污染的清新空气。

站在高处，我读到了秀美的景色，读到了山下美丽的村落，读到了全景式的恢宏画面。

走下山来，接下来的沿途中，我们看到了漫天遍野的野花。九龙山，我们看到的是它的巍峨和硬朗。眼前的景象，因这些花的开放，我们的心变得柔美起来。九龙山，在一朵花的开放中，变得芳香起来。

颜庄大地，在一朵花的开放中生动起来。

我们来到庙宇前，庙宇前有两棵高大的梨树，梨树上结满梨子。粗大的树身，斑驳的树皮，看样子这两棵梨树有一些年头了，而正是在这老树上，依然生出茂密的绿叶，依然结出累累硕果。那梨子散发出的香气弥漫在空气中。我们读着它，它低着头不敢看我们。哦！它不是不敢看我们，累累硕果压得它太累了，或者它正在想着什么香甜的心事。

庙宇中有两棵古柏，粗大的树身，几个人手拉手才能把它环抱住。据说这里原来有十棵柏树，日军侵华时来到这里，便用锯砍伐柏树，当锯到第九棵树时，树身里流出红色的液体染红了锯条，鬼子一见，失魂落魄弃树而逃。于是，便留下了这棵柏树。如今，它已是参天大树。庙宇古旧，但更显得它的珍贵，古朴带给我们的是厚重的力量和深刻的思索。

穿过一片庄稼地，在一片山楂树林里，有一棵松树，它的粗大极为罕见，几乎可以称作松树之王了。而就是这样的一棵高大的松树，淹没在一片山楂树林中。

有山的地方，男人大多是硬汉子。就像有水的地方，女人大多很柔美一样。有山，我们的骨骼就不会缺钙；有山，心会很踏实；有山，脚步会很铿锵。山，永远在那里；山，是有根的。

蒙 山

　　星期六早晨5：30到达了集合地点出发，大约一个半小时后，我们到达了蒙山脚下。稍作休息，准备出发。我所在的团队是去爬云蒙和天蒙。背好登山包，正式出发。

　　我们走了一段水泥路后，到了一个小屋门前。领队带我们从一条小路爬到了山坡顶上。开始向前进，刚开始的路还算好走。可是绕过一个弯弯的山路之后，路突然变陡了。领队在前方告诉大家："一定小心点，靠里走不要靠外走。"我们小心翼翼地通过了第一个险区。继续向前走去。

　　当我们到达一片杜鹃形成的茂密丛林时，野草把小路都盖住

了，我们只能"践踏草坪"了。这野草长得实在是太高了，有的都能扫过我的手臂。"哎呀！"有人大叫了一声。原来是一种长了"牙"的草把胳膊给"咬"破了。

又走了大约一个小时后，我有点耐不住性子了，问领队："我们走了多远了？快到山顶了吧？"领队冲我笑了笑，说："才走了三分之一。"我的神经有点崩溃，心里打起了退堂鼓。但碍于面子，便忍下来了。

"看！核桃！"前面一个人叫起来。

"哇塞！这一大片都是核桃叶唉。"我正沉浸在如此美景之中。

领队大叫了一声："快让孩子们先过，这核桃叶上的水滴在身上会使皮肤肿起来。"

我们继续前行，不料脚下的一块石头长了苔藓，让我栽了个大跟头。原地休息了一会儿，顺便吃了点自带的小零食，便匆匆忙忙地向前赶去。

又行了一段开阔的路，来到了一个树藤隧道，我只好"匍匐前进"。由于戴着帽子没办法抬头，只好将头低得更深，总算是"柳暗花明又一村"。往前走了几步就觉得有点不对，原来，帽子被钩在了藤上。我只好自己去把帽子拿回来，心里还不时地说今天怎么那么倒霉啊！

我刚刚归队，只听得前头一声"啊"，往前一看，那一幕，那叫一个惊心动魄。一位驴友脚下一滑，身体向外倒去。你们觉得不就是摔倒了嘛，有什么大惊小怪的。可要是告诉你，那位阿姨身体歪倒的方向就是悬崖，你还会这么想吗？幸好有一片树丛将她接住，不然，后果不堪设想。

好不容易到了云蒙山顶，领队说要原地休息，可以合影留念。我往前望去，两个山峰间有几缕烟雾飘出，宛如仙境。这是人间仙境。走进它，就像走进梦里。我想如果那里有人住的话，一定是仙人；如果没人住，我将来可以住到那去，说不定还能成仙。我回头一看，竟有一只苍鹰，有人大叫起来，其他人也被它的叫声吸引过来。咦，不对，是两只苍鹰。它们一同翱翔在云里雾里，那场景，那叫一个唯美，当我们反应过来时，驴友们已经拍下了这场景。

休息了半个小时后，领队带我们走山梁，向天蒙冲去。

山梁的路还算好走，走过一片树林之后，依稀看得到天蒙山顶，但是又一险区摆在我们面前，那是一个巨石压顶的山路，不、不、不，都不是山路了，而是"石路"，头顶的巨石与脚下的巨石形成了大约60度的角，石头的边缘就是悬崖。我壮着胆走在了前面，还好顺利通过。

又走过一片树林后，到达了天蒙山顶。休息片刻后看时间还早便向山底冲去。在下山的路上还不时能看见几片农田，经过大片花椒树后，看到了一条长长的溪水。领队说："我们沿着这条溪水就能到达山底。"其他驴友似乎也是想家了，风一样地向前冲去。当我来到溪边时，看到溪水时缓时急地流过，那叫一个美呀！我顺便把溪水当作镜子理了理头发，洗了洗脸上的汗。我往上看去却怎么也寻不到水的源头。我们蹚着溪水一路向下赶去。

我们来到树荫下时，领队说："中午在这吃饭。"

吃完饭后，将垃圾收拾了一下，继续下山去了。

这里有雄伟的景象震撼人心，也有清静风景美丽醉人。

在邻近山脚下的一座古楼旁，坐着一位年近百岁的老人，在他旁边有一棵很大的古槐树，老人对我们说："这棵树已经有 300 多年了。"领队又问："老人家，您多大岁数了？""90 岁了。"老人的脸上露出了慈祥的笑容，"这棵树从我爷爷那辈就传过来，你们等过几天再来，这棵树开了花，可香了。"这里的环境优美，空气清新，水清澈甘甜含有丰富的矿物质，长年饮用，延年益寿。

10 分钟后，我们回到了车上，准备回家。

遥远有多远

遥远有多远？梦有多远？遥远如梦。

新疆，美丽遥远的地方。遥远是地理位置的遥远，并不是心灵的遥远。新疆，是一个梦境，美丽亲近在你的枕边，虚幻缥缈又离你遥远。泰山、天山，万里之遥，遥如天国。而我一踏入新疆，一种感觉真切呈现，新疆其实并不遥远，它离我是那么的近。就像心灵的老家，不遥远也不陌生。万里之遥处，竟有如此紧贴我心灵的地方！它像梦，走千万里，也许你无法抵达，但那梦就在你的枕边。在这遥远的地方，有我真切的梦，有我亲切的心灵之家。在这遥远的边缘地带，一切都是如此的真诚。

穿越万水千山，我深切地体会到了什么是遥远。

列车向西北行驶。进入河西走廊，已是黄沙漫道，四野茫茫。大漠孤烟直，长河落日圆。戈壁滩上，骆驼草几乎是唯一的

生命、唯一的绿色。骆驼草正像沙漠戈壁中跋涉的骆驼，我似乎听到了它生命的铃声。戈壁干旱、贫瘠，荒芜裸露。

古长城遗迹令人感慨。它静静地躺着，在夕阳的金光下默默地守候着荒凉。当年的威武矗立，而今历经风雨的侵蚀，已变得低矮颓废。

但我隐约感到它仍然铁骨铮铮。

铁路两侧，人工种植的十字格草网将周围的沙土抓住。沙土上的小灌木和低低的野草，是那么倔强与亲切。

呼啸而过，这是人们在内地对火车的感觉。而此时，它爬行在大漠戈壁滩上，就像一条长蛇。此时，我想，一个人的脚步能承载多少使命。

八千里路云和月，穿越风，穿越雨，穿越岁月时空。

这里有最炽热的盆地把你拥抱，

这里有最高的清凉高地使你清静。

这里有清澈如塔吉克人眸子的湖泊，

这里有挺拔像维吾尔人鼻端的山脉。

她把最贫瘠的戈壁展现给你。

她把最富有的矿藏呈现给你。

她用最苦涩的碱水让你润喉，

她用最甘醇的马奶酒使你眩晕。

这里狂烈的沙暴让你的皮肤粗糙，

这里柔曼的温泉让你的肌肤细腻光滑。

她雪山般的粗犷会摄去你的魂魄，

她美妙动听的歌舞会让你流连忘返。

这里有月球般沉寂的沙漠，

这里有烈焰般的火焰山。

新疆，是个神奇的地方，辽阔、豪迈、瑰丽。

神秘遥远的新疆，以宽广的胸怀，把我拥抱。这里有一片又一片的神山。那一座座山峰像拉着丝绸的驼队，一匹匹骆驼，表现着千姿百态的动作，或似行走、或似就地而卧、或似低头吃草。在这炎热的夏季，这里却有冰山，远远望去只见白雪皑皑，白雪在太阳的照射下散发着五光十色，活脱脱的彩色宝石。

戈壁滩上，有荒漠中的公主——红柳，它们成片矗立着那淡淡的玫红色的枝叶。干枯的秃地泛着盐碱，而红柳却绽放着她那美丽和鲜活，她倔强、自豪地挺立着，在她那玫红色枝尖的下面，那青绿色的枝叶和枝干让荒凉的沙漠有了生机。红柳，戈壁滩上的生灵。这里还有香味怡人的沙枣树。树叶微微泛着白色的沙枣树，开春时节那淡黄色的小花爬满了沙枣树的枝头，空气中飘溢着一丝甜味的芳香，沙枣花的果实沙甜，越是干旱地方的沙枣越是甘甜。在这样的环境下，它们是怎样存活的啊？

在这遥远的地方，一切是那样的不同。这里有奇异的自然景观，这里有多彩的民族风情。

乌鲁木齐二道桥，是维吾尔族同胞聚集的地方。走在街头，仿佛来到一个神秘的国度。无论是建筑，还是人们的服饰，处处洋溢着纯正的维吾尔特色，伊斯兰风格。它使你感觉很遥远又十分真实，街头长纱蒙面的妇女，戴着各种小帽的少数民族兄弟，仿佛在梦中见过，又仿佛就是邻家兄弟。许多保存完好的土耳其式院落散落在现代化的建筑之中。几株粗大的古树下是寂静而神秘的古寺。在小巷中闲逛，好像到了《一千零一夜》的故事背景中。每条巷都有很多分岔，很深也很静，偶尔看到有开着门的院子内都挂着传统的艾丽的丝绸。每碰到一个维吾尔族女子都会让

我有惊艳的感觉，尤其是少女，美若天仙。维吾尔族人既有着东方人细腻洁净的肤质，又似西方人那样高鼻深目，轮廓分明。华美的色彩、热烈的气氛和温暖的人情味，使人神往。友好、质朴的维吾尔族人操着不太流利的汉语和我们交流着，不久巴扎（集市）开始了：民族首饰、乐器、器皿、花帽令人目不暇接，临街的木器店、铁匠铺、首饰作坊一派繁忙。

这是一个维吾尔族人的小村庄，有十来户人家，从一个泥土房子里，飘出来一个穿着民族服装的维吾尔族小姑娘，黑黑的眼珠，深眼窝，扎着两个小辫儿，穿着传统式的花边长裙。村子里，墙根下一溜排坐着十来个老人，清一色的黑色维吾尔族衣袍，戴着高耸的富有民族特色的黑棉帽。村子是那么宁静祥和，虽然有些落后，但充满幸福。

新疆的大漠，令人向往抑或敬畏，使人神往抑或畏惧。

　　沉寂的沙漠，胸怀辽阔，它张开双臂欢迎你，它腾起满天风暴迷失你。走进大漠，整个大漠就像属于你的，你好像拥有了整个大漠。走进大漠，大漠就像抛弃了你，你失去了方向。大漠，提供给你的没有任何可以食用的，它提供给你的只是无边无际。

　　沉寂的沙漠，死寂的大漠。

　　其实，大漠并不寂静，风声、驼铃声充满大漠。风，在这里一年只刮两次，但是一次要刮四个月。风在大漠上奔跑，一路高歌。再就是驼铃，叮叮当当，那是行进的节奏。而演奏这美妙音乐的，便是有"沙漠之舟"之称的骆驼了！

　　对于骆驼，在我心里，那是一种神圣的令人敬仰的生灵。跋涉于茫茫沙漠，不畏艰辛，甘于奉献。

　　当我远远地望见骆驼时，一种亲切之感油然而生。

　　但当我走近它时，见到的却使我悲哀和心痛。它似乎扮演的是悲剧的角色，一块块的毛都在脱落，斑驳的皮肤上隐隐地露着血迹。嘴张着，下巴垂着，有上气无下气地在喘。

　　这就是在沙漠中驰骋的沙漠之舟？

　　站在我一旁的一个人说："骆驼是最蠢的动物。"

　　"为什么？"我问。

　　"它只会消极地忍耐。给它背上驮再重的重载，它也会承受。它肯吃大多数哺乳动物所拒绝食用

141

的荆棘苦草，它肯饮用带盐味的脏水，它奔走三天三夜可以不喝水，这并不是因为它的肚子里储藏着水，而是因为它体内的脂肪氧化可制造出水。默默跋涉，无声无息。"

望着这骆驼，我心情沉重。

任重道远，倾情奉献。这本该是赞美你的词语，难道这些都埋在大漠深处了吗？我望着大漠，大漠无语。我望着骆驼，骆驼无语。

"你从哪里来？"他问。

我说："山东莱钢。"

我望着骆驼，对他说："你看见这骆驼了吗？它傻，但大漠需要它，我就像骆驼。"

他摇摇头，不说什么了。

人生的天空，有时晴空万里，有时风雨交加。人生的天空，可以容纳风，可以容纳雨，可以容纳太阳，可以容纳雷电。人生的天空有时雷雨交加，人生的天空有时彩虹长贯。

人生的天空，博大宽广而又变幻莫测。

勇敢的骆驼，不畏艰险的骆驼，坚强的骆驼，令人敬畏的骆驼。

骆驼，高擎着美丽的梦幻，一步步奔走在大漠中。骆驼，我心中的英雄。

一个是沸腾的钢城，一个是寂静的大漠；一个是铿锵行进的钢城，一个是辽阔雄伟的大漠；它们赋予我侠肝柔肠，它们赋予我豪迈胸怀。

钢城，使我拥有力量；大漠，使我意志坚强。

坎儿井

　　一眼望去，沙漠无边无际，四野沙海茫茫。戈壁大漠，是新疆的雄浑。

　　坎儿井，便使得新疆柔情脉脉。

　　坎儿井井水清澈，温润如温泉。坎儿井是新疆独特的风景，是乡亲们的生命泉。

　　维吾尔族姑娘像天使般在河边洗衣服，她们穿着漂亮的花裙，在阳光下鲜花般美丽。歌声、笑声在寂静的小河上空飘

荡，音色优美，与自然浑然一体，是粗犷、单纯的村民心生丝丝婉约。

这里的人都很长寿。老人们谦和慈祥，有自然赐给他们的鹤发童颜，有梦境赐给他们的明亮目光。他们又白又长的胡须向前翘着，目光是那么平静，神情是那么自信。

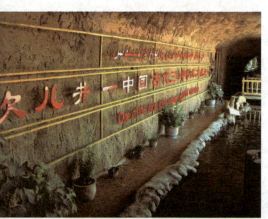

村民们春天种植葡萄、甜瓜，秋天晒葡萄，他们不知道啥叫忧郁。是因为这里四季都可以吃到鲜美的瓜果，还是因为这里的人们对生活的寄托像蓝天、白云一样明净？

麦西来甫的古乐声响起来，小伙子姑娘们的舞蹈跳起来，手鼓打起来，都塔尔弹起来。作为歌舞之乡，你可以随时进入一片歌舞的海洋。载歌载舞，人们的生活都是喜庆洋洋。对于在大都市生活的人来说，很难享受到如此纯净的生活，很难享受到如此简单明快的生活，很难享受到如此快活的生活。

坎儿井的水流淌着，静静地。

这动人美丽的小河，这明亮、纯美的阳光，这令人魂牵梦萦的地方，这遥远的地方，是那么令人心动。

风满乌拉泊

新疆的乌拉泊满是风，除了风，便是风扬起的尘沙。

太阳明晃晃地挂在天上，把灿烂的阳光赤裸裸地投放在赤裸裸的大地上。风是冷的，阳光是温暖的。一方面是冷硬，一方面是温软，同时在这里拥有。乌拉泊是富足的。

"乌拉泊古城怎么走？"

"乌拉泊古城？不清楚！"

"乌拉泊古城怎么走？"

"古城？不知道！"

"乌拉泊古城怎么走？"

"……"

"乌拉泊古城怎么走？"

"向前走，前面可能就是吧。"含糊其词。

一片湖水，一群野鸭。

湖水是那么的蓝，蓝得没有一色杂质，这片湖也算是野湖吧？它静静地在这里蓝着，它静静地在这里温润着。

是我打扰了它，对不起了。

但愿没有太多地惊扰它。

乌拉泊古城淹没在历史的记忆里，它在人们的视野里消失

了，很少有人再去关注那些破败的城墙。但在许多年以前，它曾是那么的辉煌、繁荣。

乌拉泊古城展现在我的面前，风雨已经把它销蚀得残存无几。残垣断壁，墙面斑驳。我无法想象它过去的繁华，它是怎么残败废弃的呢？

一位维吾尔族老人坐在半堵墙体上，悠闲地抱着一杆放羊鞭。不远处是他的一群羊，羊儿低着头啃着地上的草，那草低低地贴在地面上，似乎想要钻进地里，以免遭受羊的啃噬。但羊儿似乎很执着，不放过任何一丝绿色的东西。干裂的大地上，这些绿色的精灵，给古城多少带来了一些生机。

风又紧了一些。

风声，似乎在诉说着什么。

面对低矮残破的土墙，我不敢登上去，我也不忍登上去。它承受得太多太多。风风雨雨，沉重的历史，我们不应再给它增添更多的负担，它已经承受不了了。

风过乌拉泊，留下的是坚硬、沉实的沙粒，留下的是荒凉和寂寞，留下的更是思索。

吐鲁番的葡萄熟了

听着刀郎的歌，去吐鲁番。

"二〇〇二年的第一场雪，

比以往时候来的更晚一些。

……"

吐鲁番的热浪涌来，刀郎的歌声飘浮在干烈的空气中。

烟云缭绕的火焰山下，郁郁葱葱的木头沟河畔，有一座规模宏大的人文景观大漠土艺馆。

火焰山腹地的五百罗汉谷，是佛光宝地。著名的佛教遗址——柏孜克里克千佛洞就开凿在此谷，在古代是高昌回鹘王国的王家寺院。

想当初它也是雕梁画栋、金碧辉煌，因历史上的宗教战争，人为和自然的破坏摧残早已使它疮痍满身、面目全非，引发了人们无限的历史感慨。万佛宫，是大漠土艺馆的主体工程。这个大型宫堡由三个直径 10 米、高 12 米的窟窿顶建筑组成，是迄今新疆境内最大的佛教艺术殿堂。据考古学家发现，新疆古代的佛寺不少都采用了这种式样的建筑。有趣的是，世界三大宗教——基督教、佛教、伊斯兰教都对窟窿顶建筑情有独钟。进入宫内迎面一尊十米高的彩绘大佛雄伟壮观、气派不凡，是依据焉耆出土的

雕塑精品红衣佛放大塑造的。

万佛宫西侧为四个穹顶建筑，像一串糖葫芦似的连续在一起，为玉石、帽子、服装、铜器等展室。西北角的木制品展室展示多种旋制、彩绘的木制品和土式机械。穿过钟亭可参观土陶展院，这里有老式以脚踏为动力的陶轮和一片很壮观奇特的土馒头（制作大陶的模具）。

北侧小院有两座土陶窑，一座是从新疆土陶之乡英吉沙县移植的，另一座是吐鲁番本地馕坑窑（馕——新疆的烤面饼）。游人在这里可参观土陶制作的全过程，还可观赏土陶器皿。经过一条往下的阶梯，便进入一个半地下的、结构繁复的民居建筑，属于典型的吐鲁番式土拱院，庭院冬暖夏凉。

吐鲁番可以说是古代生土艺术的精粹之地，但随着古代宗教战争的破坏和现代化进程导致的风俗的移易，生土艺术日渐式微，仅存的也不过是些废墟遗迹，生土艺术的存续面临断裂。而

大漠土艺馆因地制宜，利用吐鲁番干旱少雨之条件，就地取材，直接用当地的泥土为材料进行建造和雕塑。大漠土艺馆内的建筑和雕塑完全根据生土艺术塑造原则建造而成，有自然天成之趣，是古代西域生土艺术的一种现代成熟展示。

　　高昌故城规模宏大，十分壮观，总面积200万平方米，是古代西域留存至今最大的故城遗址。城呈长方形，周长5千米，分外城、内城、宫城三部分。城内，可参观外城墙、内城墙、宫城墙、可汗堡、烽火台、佛塔等留存较为完整的建筑，其余的便是残破土墩、败落壁垣了。

　　内城北部正中有一座不规则的方形小城堡，当地人称"可汗堡"。佛寺两侧曾立着高大的佛塔，院内正中有残存塔柱，而佛龛内则残存着菩萨像和壁画。据考证，这是当年唐僧玄奘西游路过高昌国时，被国王麴文泰挽留一月讲经之处。

　　葡萄沟，缀满珍珠玛瑙。大自然给吐鲁番最充足的阳光，最热情的阳光，也给吐鲁番最甘美的果实。

　　挂满甘美葡萄的吐鲁番，也挂满了欢笑。迷人的葡萄沟，是火洲的"桃花源"。位于吐鲁番市东北10千米的火焰山中，这是一条南北长约7千米、东西宽约2千米的峡谷。这里依山傍水，安静、幽雅，景物天成，数条葡萄长廊深邃、幽静，你可以信步葡萄架下，仰首尽情观赏珍珠般的葡萄，你可以坐在葡萄架下品尝鲜葡萄。天山雪水沿着第一人民渠穿沟而下，潺潺流水声给葡萄沟增添了青春的活力。两面山坡上，梯田层层叠叠，葡萄园连成一片，到处郁郁葱葱，犹如绿色的海洋。在这绿色的海洋中，点缀着桃、杏、梨、桑、苹果、石榴、无花果等各种果树，一幢幢粉墙朗窗的农舍掩映在浓郁的林荫之中，一座座晾制葡萄干的"荫房"排列在山坡下、农家庭院上，别具特色。夏天，沟里风景优美，凉风习习，是火洲避暑的天堂。

　　新疆有一首歌谣"吐鲁番的葡萄哈密的瓜，库尔勒的香梨人人夸，叶城的石榴顶呱呱"。在葡萄沟品尝葡萄的甜美和清凉时，

还可以领会吐鲁番火辣辣之外的那份清凉惬意。

我不知道这里是否也埋藏着痛苦，但我从这里阳光般的欢笑中丝毫看不出它们的一丝愁倦。这里的老人多、孩子多，老人、孩子多的地方，我想一定是拥有最美时光的地方。这里的老人都很长寿，脸上洋溢着满足的笑容，腰板硬朗，有着自然赋予的明亮的目光。我想这除了他们可以享用最鲜美的瓜果，更重要的是他们没有都市人贪婪的欲望和纷乱的心绪。

快乐的心情之藤，爬满支起阳光的地方，那幸福、快乐的果子便会甘香美甜。

梦境丽江

　　有一个水乡在梦里，在我的梦里有一个水乡，雄奇壮美的山川孕育了丽江这块肥沃的土地，洁白的雪山，美丽的古城伴着古色古香的纳西音乐飘荡在神奇、美丽的滇西北上空。

　　丽江古城，宛如一方美玉大砚，平落在丛山之中。

　　这是人间仙境。走进它，就像走进梦里。古镇古色古香，一个"古"字，集中说明了纳西先民选址营建古镇的聪敏智慧。古城位于开阔的坝子中间，海拔 2400 米。她北倚象山、金虹山，西枕狮子山，使屏立的山麓挡住了西北寒流的入侵。城东南面向

数十里的沃野良田，这里阳光充足，花木早苏，是古城的粮仓。到了六七月份，南风徐来，吹走了热气，为古城带来了难得的清爽。我似乎是沿着一个时光隧道，步入远古。这里的人，拥有的是阳光，拥有的是单纯，拥有的是美好，拥有的是幸福。

在古城中心有一块近 6 亩地的方形街市，四周均是整齐的店铺，俗称"四方街"。这是由于丽江地处滇川康藏交通要道的接合点，自清初，就有四方商旅来这里贸易，使丽江古城成为滇西北主要的商品集散地和手工艺品产地。纳西语称这里为"工本"，意思即是"仓库聚集的地方"。藏族地区的毛纺织品、山货药材从丽江转销内地。西双版纳、凤庆、下关等地的茶叶、日用百货从丽江运往藏区。丽江古城处处闪耀着民族团结进步的光辉。

这里的绿色很养眼，也温润人的心。最奇的是造城建镇者巧妙地调用了清澈的玉泉水。当汩汩泉水流至城头双石桥下时，人们将泉水分作三汊，分别穿街过巷，就像人体的经脉，泉水流遍全城千家万户，形成居民洗菜用水最远不过 50 米的便利条件。当你徜徉街头，随时都有水的陪伴，或在旁淙淙欢唱，或在下潜游路中，令人心驰神往。水是人类生活须臾不可或缺的资源，有水才有生命，才有生活，才有蓬勃向上百花纷繁的希望。水，不仅使大研古镇不断注入新生的朝气，也成为大研的佳妙美景。

玉龙大雪山位于青藏、云贵高原犬牙咬接处，是喜马拉雅山系最南端的云岭山脉的主峰，也是北半球处于纬度最南的现代海洋性冰川，终年积雪的玉龙十三峰，由北向南迤逦排开，绵延 35

千米。前头的主峰高昂龙首，其后峰峰相连，犹如龙脊蜿蜒。远远望去，云腾雾绕，托出好一条银鳞闪烁的玉龙！最南端的主峰扇子陡，海拔 5596 米，被誉为"玉柱擎天"。

丽江人在缆车站到云杉坪的原始森林间，开辟出一条曲曲弯弯的栈道，清朗古朴，幽静深远，像是靠近玉龙的序曲，先由管乐飞出一串悠扬的旋律。久居闹市，一踏进浓墨般重绿的原始大森林中间，我的心都要碎了，那伟岸大木排列得遮天蔽日，那满地郁郁葱葱的万种草木，无不透露生命、生长、生生不息的真谛。

泉水环绕连接每家门庭，开门即河，迎面即柳，形成高原水乡"户户泉水，家家垂柳"的特有风采。他们用水十分讲究，名为三眼井，即泉水喷涌的第一眼井供饮用；下流第二眼井为洗菜；再下流第三眼井方可用以洗衣服，严格分开，不准乱用。一石跨渠，即成一家，水绕民家，自然处处以桥通路。大研保存了许多座明清的石拱桥，虽经几百年的风雨剥蚀、兵火焚毁，乃至多次大地震的破坏，石桥如故，至今依然雄跨主河，为这个"中国的威尼斯""高原姑苏"赢得一份古朴的壮丽。

千余年前，纳西古民的"东巴"（经师、智者）用一种奇特的象形文字书写经文，完整地保存了纳西族的古代文化。1300 多个东巴文字，辅以 1000 多种拼写组合，记述了他们的历史、理想、文学、艺术，成为今天趣味盎然的一个"奇迹"。且不说他们的《创世纪》《黑白争战》《鲁般鲁饶》三大史诗，古老的《蹉模》舞蹈教程，至今还保留在白沙的明代壁画以及堆满玉龙十三峰的民间传说中……纳西人所创造的东巴文化揭示了一个民族从荒蛮走向文明，广收博采，从不自封的历程。

　　我喜欢这里，在这里，可以热爱的东西很多，几乎都是不用理由的。在这里，你会很快沉醉，在似醉非醉似醒非醒间，乡愁会侵蚀到骨髓深处，泪水也就欢腾了。在这里，有和谐自然，遵循伦常，山水是生灵丰润的摇篮，人也成了山水滋养的最美的风景。辽阔弥补视线的浅短，灵犀愈合精神的溃疡。无论走向哪里，心皈依于故乡，我的根扎在这里。

千年古镇的体温

　　历史，匆匆走过。岁月，沧海桑田。时间，留下的痕迹成为我们珍贵的记忆。千年古镇大通是一个拥有近 3000 年历史的江南古镇，其区位优势明显，交通便捷，历史悠久，文化底蕴深厚，是历史上众多重大历史事件的发生地。历史的脚步，留下深深浅浅的脚印。在千年古镇面前，我仿佛走进历史的隧道，触摸

到千年古镇的体温。

　　阳光，在曾经微笑过的地方留下的是温暖。花朵，在曾经微笑过的地方留下的是果实。风雨，在曾经微笑过的地方留下的是彩虹。瀑布，在曾经微笑过的地方留下的是壮观。年轮，是树木曾经微笑过的地方。那里，有智慧菊花般开放，这是岁月的沧桑，这是岁月对我们的奖赏。古镇，是历史留给大通人的宝贵的恒久的财富。大通人是幸福的，因为历史离他们很近。

　　美丽的大通，这种美丽是一种壮美。这里临江、含湖、依山，风景优美，旅游资源丰富，拥有"淡水豚国家级自然保护区"、佛教重点寺庙"九华山头天门"大士阁、曾拥有"三街十三巷"的和悦老街以及生态景观得天独厚的白浪湖、祠堂湖等众多著名景点。我们沉浸在壮美中，我们沉浸在历史厚重的文化中。

　　在历史面前，在古镇的怀里，我们感受着历史的久远和亲近。铜陵大通镇，它曾是与安庆、芜湖、蚌埠齐名的安徽"四大商埠"之一。清末民初，是大通古镇的鼎盛时期，小小的古镇上居住着十余万人，有着"小上海"的美誉。大通镇自然景观旅游资源有青通河、长江、鹊江、祠堂湖、白浪湖、潜洲沙滩湿地、江心洲田园风光、淡水豚国家级自然保护区（现为国家 AAA 级景区）。人文旅游资源有九华山头天门——大士阁、和悦老街、澜溪老街、清代的天主教堂、明清古井、古渡口、盐务招商局、三家日报社（清末民初时期的《大通日报》《鹊江日报》《新大通报》）。这里，至今还保留有 20 世纪六七十年代的痕迹。历史的长河，流经岁月的大地，激起朵朵浪花。在每一朵浪花里，我们看见了历史的容颜。这里曾诞生神奇的神话，这里拥有人间仙境。

在这里，建筑是一种历史文化，是一种凝固的历史。大通钟楼，它是一座至今已经有着近70年历史的建筑物。这座钟楼用料考究，造型别致，坚固雄伟，高高地屹立在大通镇中心的长龙山"西瓜顶"上，呈四方立柱形，边长约为4米，圆形拱门，高20余米，上下三层，是目前大通镇上最高的建筑，登临其顶，大通美景尽收眼底，鹊江两岸一览无余。这座钟楼是西班牙人在大通修建的，现在大通钟楼已被铜陵市人民政府列为重点文物保护单位。每当我们站在这些历史留下的建筑面前，总是感慨万千。在这些古建筑面前，我们似乎看到了历史的背影。

遥远的梦境，最近的风景。在千年古镇的怀里，我们感到了古镇的从容，我们触摸到了古镇的心跳，我们感到了古镇的体温。

一座留存孔子体温的小城

2018 年 4 月 5 日，我和中华书局的朋友以及 "论语心得" 征文获奖的朋友，相聚在曲阜。

我们首先从住宿的阙里宾舍出发，阙里宾舍的建筑古色古香，与邻近的孔府孔庙和谐相映。有朋自远方来，不亦乐乎。其实我不是作为一个客人来这个小城的，我更愿意作为一个学生来到这个小城。只是，我们没有资格或运气做这位圣人的学生了。想一想，孔子的弟子多么幸运和幸福啊！曲阜，是个好客的城市，是个热情温暖的城市。这个城市，至今留存着孔子的体温。一进入曲阜，就进入了古色古香的都市。现代化的步伐并没有完全掩盖住它的远古背影，或者说，圣贤的魅力是一种伟大的力量，什么也不可使它淡漠，什么也不可将它代替。

观看明城开城仪式的游客很多，明城开城仪式使得我们仿佛看到远古恢宏的场景。

我们怀揣着崇敬之情走进孔庙，孔庙是我国的三大宫殿建筑之一，其规模仅次于故宫的古建筑群。孔庙南北长 1 千多米，东西约有 200 米，占地 327 亩，周有围墙，四角之上还建有角楼。庙内共有厅堂殿庑 400 多间，包括三殿、一阁、一坛、三祠、两庑、两堂、两斋、十七亭、五十四门坊，前后共 9 进庭院，布局严谨，气势甚为雄伟壮丽。孔庙的主体建筑为大成殿。殿阔45.78米，深24.89米，殿高24.8米，殿基占地1836平方米，金碧辉煌，是我国现存的巨大的古建筑之一，可与故宫的太和殿相媲美。最引人注目的是正面十根石柱，每根柱上雕刻两条巨龙，飞腾于云彩之中，两龙之间有一宝珠，故名之曰"二龙戏珠"。石柱均以整石刻成，气势磅礴。殿内有巨大的孔子塑像，像高3.3米，神采奕奕，威而不猛。孔子像两侧是颜回、曾参、孔及、孟轲"四配"的塑像，身高2.6米。另有"十二哲"塑像，身高2米。大成殿前有一亭子，名为"杏坛"，是孔子晚年讲学的地方。孔庙内的圣迹殿、十三碑亭及大成殿东西两庑，陈列着大量的碑碣石刻，特别是这里保存的汉碑，在全国数量最多。历代碑刻也不乏珍品，被人们视为书法、绘画、雕刻艺术的宝库。最为珍贵的是22块汉魏六朝石刻。其碑刻之多仅次于西安碑林，所以它有

我国"第二碑林"之称。

这里的各亭石碑多以似龟非龟的动物为趺，名曰赑屃（bì，xì），据说是龙的儿子。传说龙生9子，各有所能，赑屃擅长负重，故用以驮碑。碑亭中最早的是两幢唐碑，一幢是立于唐高宗总章元年（668）的"大唐赠泰师鲁先圣孔宣尼碑"，一幢是立于唐玄宗开元七年（719）的"鲁孔夫子庙碑"，皆位于南排开东起第六座金代碑亭中。最大的一幢石碑是清康熙二十五年（1686）所立，位于北排东起第三座碑亭内。这块碑约重35吨，加上碑下的赑屃、水盘，约重65吨。看到这些碑，我们感到它们承载着历史的风雨，承载着文化的厚重。

我们不是以游览观光的心情游览三孔的，我们以敬仰的心、以崇拜的心，走在这铺着历史的青石板或青砖路上。杏坛相传是孔子讲学的地方。杏坛十字结脊，四面悬山，黄瓦朱栏，雕梁画栋，彩绘精美华丽，坛前置有精雕石刻香炉，坛侧几株杏树，每当初春，红花摇曳。乾隆皇帝曾为之赋诗："重来又值灿开时，几树东风簇绛枝，岂是人间凡卉比，文明终古共春熙。"从杏坛北望，在双层石栏的台基上一座金黄色的大殿突兀凌空，双重飞檐中海蓝色的竖匾上木刻贴金的群龙紧紧团护着3个金色大字"大成殿"。字径1米，是清雍正皇帝的手书。大成殿是孔庙的主殿，重檐九脊，黄瓦飞甍，周绕回廊，和故宫太和殿、岱庙宋天贶殿并称为东方三大殿。大殿结构简洁整齐，重檐飞翘，斗拱交错，雕梁画栋，金碧辉煌，藻井枋檩饰以云龙图案，金箔贴裹，祥云缭绕，群龙竞飞。四周廊下环立28根雕龙石柱，均以整石刻成。两山及后檐的18根八棱磨浅雕石柱，以云龙为饰，每面浅刻9条团龙，每柱72条，石柱上雕刻的龙的总数共1296条。前檐的

10柱为深浮雕，每柱两龙对翔，盘绕升腾，中刻宝珠，四绕云焰，柱脚缀以山石，衬以波涛。10根龙柱两两相对，各具变化，无一雷同，造型优美生动，雕刻玲珑剔透，刀法刚劲有力，龙姿栩栩如生。这是曲阜独有的石刻艺术瑰宝，据说清乾隆皇帝来曲阜祭祀孔子时，石柱均用红绫包裹，不敢被皇帝看到，恐怕皇帝会因超过皇宫而怪罪。大成殿内正中供奉孔子塑像，坐高3.35米，头戴十二旒冠冕，身穿十二章王服，手捧镇圭，一如古代天子礼制。两侧为四配，东位西向的是复圣颜回和述圣孔伋，西位东向的是宗圣曾参和亚圣孟轲。再外为十二哲，东位西向的是闵损、冉雍、端木赐、仲由、卜商、有若，西位东向的是冉耕、宰予、冉求、言偃、颛孙师、朱熹。四配塑像坐高2.6米，十二哲塑像坐高2米，均头戴九旒冠，身穿九章服，手执躬圭，一如古代上公礼制。塑像都置于木制贴金神龛内，孔子像单龛，施十三踩斗拱，龛前两柱各雕一条降龙，绕柱盘旋，姿态生动，雕刻玲珑，异常精美。四配十二哲，两位一龛，各施九踩斗拱。龛前都有供桌、香案，摆满祭祀时使用的笾、豆、爵等礼器。殿内还陈列着祭祀孔子时中和韶乐乐器和舞具。

圣迹殿是以保存记载孔子一生事迹的石刻连环画圣迹图而得名的大殿。圣迹图每幅约宽38厘米，长60厘米，其所表现的圣迹从颜母祷于尼山生孔子，到孔子死后子弟庐墓为止，并附有汉高祖刘邦、宋真宗赵恒以太牢祀孔子二幅。其中有人们熟知的"宋人伐木""苛政猛于虎"等孔子一生的主要活动和言论，是我国第一本有完整人物故事的连环画。圣迹殿内，迎面是清康熙皇帝手书的"万世师表"石刻。

接着我们走进孔府，孔府又名衍圣公府，是历代衍圣公的官署和孔子后裔直系子孙的住宅。府内共有楼、房、厅、堂460多间，占地240亩。孔府是我国一座名副其实的宝库，府内收藏着大批珍贵历史文物，其中最著名的为"商周十器"，亦叫"十供"，原为清宫所收藏青铜礼器，是清高宗于1771年赏赐给孔府的。"鎏金千佛曲阜塔"亦为孔府所藏珍品，此塔为唐代所制。其他还有明清几代数以千计的衣、冠、袍、履及名人字画、雕刻等，其中又以元代的"七梁冠"为国内仅有。

我仿佛走进历史的隧道，触摸到圣贤的体温，聆听圣贤的教诲。

有多远走多远。曲阜，是离心灵最近的地方。这里的风景最为深沉，这里的风景最有厚实感。这里的风景最有思想，这里的风景亘古不变。

孔子，这位伟大的思想家、教育家，像一道圣光，亮了千年万年。沿着他的手势，我们寻找礼仪的体温。那颗古老的心脏，迸发着多么滚烫的血液。一双目光，汇成历史的支流。一个很深的名字，埋在很久很深的历史里。一个很高的名字，站在很长很远的历史中。山不在高，有仙则名。水不在深，有龙则灵。因为有了孔子，曲阜，这座小城，理所当然地算是圣城了。

走进孔林，给人一种幽深的感觉。这里的古树是那么多，像一位位历史老人站在那里，我对这些古树产生了无比的敬仰。

孔林是我国规模最大、持续年代最长、保存最完整的一处氏族墓葬群和人工园林。林墙全部用灰砖砌成，高达三四米，长达7.3千米，占地3000亩。这里古木参天，像走进了远古时代。林中墓冢累累，碑碣林立，石蚁成群，除孔子、孔鲤、孔伋这祖孙三代墓葬和建筑外，还有孔令贻、孔毓垢、孔闻韶、孔尚任墓等。

这里的墓碑除去一批著名的汉代石碑被移入孔庙之外，尚存有李东阳、严嵩、翁方纲、何绍基、康有为等历代大书法家的亲笔题碑，故而孔林又有碑林的美名，堪称书法艺术的宝库。孔林中神道长达1000米，苍桧翠柏，夹道侍立，龙干虬枝，多为宋、元时代所植。林道尽头为"至圣林"木构牌坊，这是孔林的大门。由此往北是二林门，为一座城堡式的建筑，亦称"观楼"。四周筑墙，墙高4米，周长达7000余米。墙内有一河，即著名的圣水——洙水河。洙水桥北不远处为享殿。是祭孔时摆香坛的地方。殿前有翁仲、望柱、文豹和角端等石兽。享殿之后，正中大墓为孔子坟地，墓前有明人黄养正巨碑篆刻"大成至圣文宣王墓"。东边为其子"泗水侯"孔鲤墓；前为其孙"沂国述圣公"孔子思墓。据传此种特殊墓穴布局称为"携子抱孙"。孔子墓前东侧有三亭，是宋真宗、清圣祖和清高宗来此祭孔时停留之处，叫作"驻跸亭"。墓南200米处的亭殿后，有子贡亲手栽植的楷树遗迹和"子贡庐墓处"。孔林中除孔子墓外，气派较大、墓饰规格也高的，要数第七十二代孙孔宪培妻子的墓——于氏坊。这位于氏夫人原来是乾隆皇帝的女儿，因当时满汉不通婚，皇帝便将女儿过继给一品大臣于敏中，又以子女名义下嫁给衍圣公，故称于氏坊。漫步曲阜小城，有一种散淡的感觉。这是在很多城市里找不到的感觉。

我不知道，我们这样是否会打扰孔子他老人家。

来到曲阜，可以近距离地瞻仰圣贤，可以近距离地感到遥远的光芒，可以近距离地感到远古圣贤的力量。我们应该学会提取锻造这种力量。我们今天缺少了一种力量，其中最主要的原因就是我们缺少了一种信念。道德的迷失，精神的涣散，使得我们迷茫痛苦。孔夫子能够教给我们的快乐秘诀，就是如何去找到你内心的安宁。人人都希望过上幸福快乐的生活，而幸福快乐只是一种感觉，与贫富无关，同内心相连。

在这里我们看到孔子讲学的塑像，仿佛看到几千年前的情景，孔夫子教育学生时很少疾言厉色，他通常是用和缓的、因循诱导的、跟人商榷的口气。这是孔夫子教学的态度，也是儒家的一种态度。

下午4点，论语心得征文大赛获奖代表座谈会在曲阜阙里宾舍二楼会议室召开。于丹老师和中华书局以及曲阜市委的领导与我们获奖代表进行了座谈。

晚上，在杏坛剧场举行了颁奖典礼，然后就是孔子学堂的启动仪式，于丹老师做首场讲演。最后是大型广场乐舞《杏坛圣梦》，音乐歌舞场面恢宏，磅礴大气震撼胸怀。

曲阜，一座历史文化名城，一座礼仪仁爱的东方圣城。

来曲阜吧，给心灵一次滋养！

走过你的梦

把脚步放慢，和心灵一起前行。这是一座壮美、神秘的山，当我第一眼看到它时，那种庄严肃穆，那种高峨威武，那种摄人心魄，那种超凡脱俗，把我的心震撼了。

卧虎山，这座雄性威猛的山就摆在我们面前。

从哪里上山？

虽然我们咨询了山下的居民，但是上山的路还是相当难走。一开始，还算是有条小路的，但走着走着，路就不见了。我们几个打趣说：山上本没有路，我们走过之后，便有了路。

幸亏我们中曾经有人爬过这座山，我们试探着前行。这个近乎原始的美丽的地方，有着纯净的风景。路途的艰辛被一路风景淹没了，一路的劳累被沿途的景色冲淡了。以前的爬山，只能算是登山。因为那些山有路，甚至有台阶。而这次我们才算是真正的攀爬。

瑞草争芳，野花竞发。很长的一段路我们是踏着草丛前行的，这让我们感觉脚步生动起来。不断有巨大的石头拦住我们，我们只好翻越而过。我们不断地拉着树木，借着树木的力量向上而行。树木拉着我们的手，不停地拉着我们向上、向上。有人谈起一句话诗，说有一首诗是：

树

千手观音

我们咀嚼着这首诗，感觉它意味深刻、耐人寻味。

卧虎山奇石天趣，妙造自然，惟妙惟肖，形象逼真。每一块石，似乎都蕴藏着一个故事、一个传说。登高远望，它的美景打开远方黛青色群山的宁静、绵延。卧虎山的美丽神奇直击灵魂深处，是一种会让人迷失的美。

山腰处雾气蒙蒙，卧虎山似乎在梦里，我也似乎走在梦里。

文友们有的端庄优雅，有的诙谐幽默，给此次爬山带来美好的感觉。我们观赏着卧虎山那奇异的风光，此时，我们的谈笑和奇异的风光相映成趣。还有一段路荆棘丛生，更使我们兴奋的是我们穿行于茂密的森林，有一种探险的感觉。卧虎山山峻壑幽，绿荫覆盖，这里的树木过滤着阳光的影子，倾听着风的声音。它的生长，是那样的美丽和生动。圣洁的树林里，幽凉的叶荫下，松脂的暗香，花草的芳馨，野果的清甜，鸟的啁啾，虫的吟唱，叶的微语，随风弥散，潜入心间的是那远古的清寂。山上有好几处兽类生存的痕迹。但愿我们没有打扰它们的生活。

这里有雄伟的景象震撼人心，也有清静风景美

丽醉人。卧虎山，属于莲花山东麓，海拔603米。山上植被丰茂，有乔木、灌木、蕨类植物百余种，鸟类80余种；山中有珍贵的植物药材野灵芝和何首乌以及奇花异草天女木兰、达子香、天鹅绒忍冬、映山红、天麻、细辛、黄芪等。

　　"看！老虎！"有人喊道。远处有一处虎形的石头进入我们的视野。正是它使得这座山有了雄伟之气。

各种各样的石头遍布卧虎山：皇冠石、熊掌石形象逼真，初生牛犊、巨蜥出洞、金蟾鸣叫、神牛望海，这些象形石使人叹为观止。

有人开始喊山了，那种洪亮粗犷的声音此时因为山的感化变得野性而真实。在这里，一个人的真实和自然性情被彻底激活了。

一个人的视野只有高度的提升才会变得开阔。站在山顶，我们深刻地体会到了。

刚才我们的方向向上，现在，我们不想走回头路，下山时，我们探索着前行。大方向向下就能下山？大方向向下就是对的？我们面对着一个哲学和现实的命题。

卧虎山下还有福亭寺的遗址和寺中和尚打坐的莲花墩，默默地守望着岁月的变迁。

卧虎山之行，如梦如幻。我走在卧虎山的梦里。

虎踞龙盘，见过卧虎山，我们又前往盘龙沟。这是一条看似平常的沟。但当我们看见一块形似眼珠的石头时，我们感到了它的不寻常。据说这是龙眼，侧面一看，真的像极了。再往前走，沟底一片片的石头上全是盘龙的花纹。大自然的神奇，让我们叹为观止。这些神奇的石头，一定有着奇异的魔力，一定有着神秘的传说。

我们依依不舍地离开这里了。这两处几乎少有人光顾的处女风景地依然安静地做着它们的梦。今天，我看到了那种乡野酣畅野性的梦，那是一种瑰丽纯美的梦，那是一种日月风雨滋养的壮美的梦。

和心灵一起前行

把脚步放慢，和心灵一起前行。

那是一个明媚的日子，那是一个晴朗的日子，我走在通往红门的路上，看着路边的仿古建筑，我仿佛已经离开了那曾经的喧嚣，而我要把曾经的激情在此处喷发出来。泰山，给了我攀登的活力。泰山，给了我寻找的动力。是泰山，把我深藏的力量唤起；是泰山，正向我张开她的双臂。

我来到了她的脚下，怦然心动，那是一种和心跳同频率的节奏。泰山，自然景观雄伟高大，数千年精神文化和人文景观令人向往。

走上泰山的石阶，我的心变得坚硬。此时，我也变得坚强，此时，我已开始丢弃曾经的压力。此时，虽然已是秋季，但一切都还是鲜活的；虽然已是秋季，但一切都是生动的。我的脚步，我的心情，也正变得生动，也正变得鲜活。我能去拥抱她也是我的幸运，我更加坚定地向上爬。

抬头，蔚蓝色的天空。远望，一望无际的雄伟。风一吹，虽然没有花开，但整座山都飘着香气。这时有位随行的老外感叹道："tai，so classical！（泰山，如此的古典！）"

我心中暗暗为外国友人的这句话叫绝。他可能只有在如此雄伟的泰山上，才会吐出如此美妙的语言吧？

　　沿着铺满坚强的石阶，我沉浸在了她的芬芳中。真的应该感谢泰山，我一面享受着芬芳，一面欣赏着美景，一面寻找泰山坚强的石头。在泰山面前，我是微小的，我是笨拙的，我是虚弱的，而这正是我要丢弃的过去，我要去寻找她拥抱的原因。一路攀登，气喘吁吁，但心里是幸福的。孔子登临处、万仙楼、北齐经石峪金刚经石刻、中天门、升仙坊、十八盘、南天门、天街、宋朝皇家碧霞祠、唐玄宗大观峰石刻、观日峰、玉皇极，一处处美景，诱惑着你不断攀登。泰山日出、云海玉盘、晚霞夕照、黄河金带，四大美景，堪称一绝。

　　有一棵树，上面有几个鸟窝。这些有着翅膀的生命，选择在如此美丽的地方筑巢，真是太有智慧了！你想，把自己的家园建在一个随时能受到泰山拥抱的地方，一出门，就可以在她的怀抱下飞翔，这是一个多么温暖的风水宝地啊！我好羡慕它们。

　　踏在玉皇顶的石路上，我很有踏实感。孔子在这里留下了"登

泰山而小天下"的赞叹，杜甫留下了"会当凌绝顶，一览众山小"的千古绝唱。泰山的高度，是我们人的力量所难以抵达的。泰山的精神，就扎在那里。此刻我得到了泰山的拥抱，虽然站在这个顶峰时空气都是寒冷的，但我的心却从未如此的温暖，虽然我的身体还在寒风中颤抖，但我的心却从未如此的踏实，因为泰山已经把我抱在了怀里，因为我已经得到了她的拥抱。

　　一座山有一座山的风骨，一座山有一座山的气质。有一种美，恢宏壮丽；有一种美，震撼人心。这里的风景很养眼，也温润人心。这里，神奇似梦，壮美如虹。泰山雄伟壮丽，文物众多，以"五岳独尊"的盛名称誉古今。泰山的美，有着鲜活的风采；泰山的美，有着永恒的魅力。

　　这个地方，它的一峰一石，它的一草一木，都充满了灵性。泰山古树名木繁多，被誉为"活着的世界自然遗产"。泰山素以壮

美著称，呈现出雄、奇、险、秀、幽、奥、旷等诸多美的形象，泰山景区内有著名山峰12座，崖岭78座，岩洞18处，奇石58块，溪谷12条，潭池瀑布56处，山泉64处，有著名的黑龙潭、扇子崖、天烛峰、桃花峪等10大自然景观；有旭日东升、晚霞夕照、黄河金带、云海玉盘等10大自然奇观。每一处，都是美妙的音符，我们聆听着动听的音乐；每一处，都是精彩的图画，我们欣赏着恢宏的画卷。此时，我们什么也不想；此时，我们什么也不用想。在泰山面前，我们纯净如雪、纯洁如婴儿一般。此时外界的一切，显得是那么的渺小，此时我们宠辱皆忘，此时我们不必为名利所累，不必为凡事所扰。此时的心该是多么幸福啊！

泰山的壮美神奇直击灵魂深处，是一种会让人迷失的美。

路途的艰辛被一路风景淹没了，一路的劳累被沿途的景色冲淡了。

岩石是有文化的，岩石是有生命的。众多的文化名人，历代诗人墨客来到泰山朝山览胜，赋诗撰文，孔子、管仲、司马迁、张衡、诸葛亮、曹植、李白、杜甫、刘禹锡、苏东坡、欧阳修、范仲淹、王世贞、姚鼐、郭沫若等都挥笔疾书，留下了浩如烟海的颂岱诗文，由山脚拾级而上，到泰山之巅，仅摩崖石刻就有千余处。泰山给予了我们美丽多彩

的视觉盛宴，也给予了我们丰美的精神盛宴。

在这样一个特别有文化意义的地方，这样一个特别亲近自然和善美的地方，你心中的丑恶都会在这里洗涤一空，你心中的善美都会在这里激荡起来。让我们乘善美的光芒，做一次心灵的旅行。泰山至今保护较好的古建筑群有 22 处，总建筑面积达 14 万多平方米。在古建筑群之间，还有 12 处石坊、6 座石桥、7 座石亭、1 座铜亭和 1 座铁塔。泰山刻石有 2200 多处，被誉为"中国摩崖刻石博物馆"。这里有中国碑制最早的刻石——泰山秦刻石；有珍贵的汉代张迁碑、衡方碑和晋孙夫人碑；有被誉为"大字鼻祖""榜书之宗"的北齐经石峪刻石；有天下洋洋大观的唐玄宗《纪泰山铭》和唐代双束碑等。

一个人的视野只有高度的提升才会变得开阔。站在山顶，我们深刻体会到了。站在泰山极顶，极目四野，你会感到你是站在梦的上面。

这是一座美丽而神圣的山，这是一座使人神往的山。它气势磅礴，洋溢着一种雄奇、壮丽的美。当我第一眼看到它时，那种高峨威武，那种摄人心魄，那种超凡脱俗，我的心被震撼了。

我必须马上离开你，否则，我就离不开你了。明天，我还会想起你。

彝人古镇，使人爱在心里

彝人古镇，如梦如幻，如诗如画，但它又是那样真切。来到这里，你会真切地触摸到它的体温。

家园般的古镇，世外桃源般的古镇。见到它一次，就会永远忘不掉它。它会使你魂牵梦萦，它会使你爱在心里。

这里物华天宝，人杰地灵，历史悠久，令人神往。这是一个民族风情浓郁的古镇，古色古香的彝族民居群和鲜活在眼前的彝人生活，展现出一个活生生的世外桃源。

彝人古镇，是云南美丽画卷最精彩的一笔。从"彝人古镇"大牌坊进入，就是这片风格古朴的建筑区，腊玛桥、望江楼、古戏台以及《梅葛》史诗广场，都被奇石、水车、桃花溪环绕，街巷长长，流水潺潺。这里空气自然净化能力强，清新爽

然，长天碧空，白云飘飘，风光秀美，气候宜人。

这里是歌的海洋、舞的世界。每年火把节期间，前往古镇的游人一天最高达5万多人，5天中有超过20万人拥入彝人古镇游览。

巍峨大气的牌坊，宽敞洁净的石板大道，清溪、白墙、灰瓦，小桥流水旁的住家院落，彝族民俗工艺品店、银器铺、楚雄特有的苴却砚奇石居、根雕、绣品店、书画斋等静处一隅，而在溪边多是和溪水依依相伴的茶舍、酒吧。这里有一种气场，这种气场可以使人安宁、乐观、智慧、宽广。

彝家的酒歌，彝家的米酒，烈烈欢腾的火把，铮铮弹响的弦子，清越、悠扬的对歌，使人陶醉，令人心潮澎湃。桃花溪东西蜿蜒穿过彝人古镇，溪两岸，桃红柳绿，亭台楼阁，一排排青砖灰瓦的院落，明净通幽，房廊上都绘有五彩的图案，或是山水、花绘、传说故事，在彝人古镇每走一步都有情致，每移一景都是故事。

　　桃花溪上共建有 6 座石桥，这 6 座石桥都是用心而建的，为的是纪念楚雄彝州 150 万年的沧海桑田、物换星移的时光变换中的那些人、那些事，那些历史的烙印。李贽桥是纪念明代曾为当地做出贡献的云南姚安知府的思想家、文学评论家李贽的；黑虎桥表现的是彝族人视虎为图腾，对虎的崇拜情结；春秋桥纪念的是彝族文化的丰富、独特，春秋变化；腊玛桥纪念的是曾经在这块土地上栖息过的古人类；侏罗桥纪念的是侏罗纪时代这块土地上的古生物。6 座石桥或直或拱，不尽相同，青龙卧波，情载清溪。她给予了我们美丽多彩的视觉盛宴，也给予了我们丰美的精神盛宴。这里，是离心灵最近的地方。这里的风景最为深沉，这里的风景最有厚实感。这里的风景最有思想，这里的风景亘古不变。梅葛广场正中竖立着彝族的祖先神柱，神柱上刻有六祖分支的图案，昭示着祖先福佑后人，广场四周是塑有十兽的彝族十月太阳历，广场一侧，两块高大的照壁上雕刻有《梅葛》史诗中洛滋天神开天、辟地，造物、造人、创世的传说故事。这里人与自然和谐相处，处处一派祥和景象。

　　彝人古镇，使人爱在心里的彝人古镇。

梦最芳香的地方

  吕祖泉风景区，是一处绝美的旅游之处。

  这里有八仙美丽的传说，这里是神仙居住的地方。它悠悠的脚步，度量着明静的心情，度量着岁月的从容，它静静地散步般地前行着。

  吕祖泉风景区在哪里，快乐的家就在哪里。家在哪里，灵魂深处就在哪里。来到这里，你就知道什么是安详；来到这里，你就知道什么是幸福。

  吕祖泉风景区，古朴，幽静。在时尚充斥的今天，古朴更彰显出它幽幽的魅力，古朴是更从容的力量。风景，只有和心境和谐时，才会放射出醉人的光彩，才能发出震撼人心的光晕。它的色彩不是五彩缤纷，它有一种水墨画的风格，散发着水墨画的芬芳。淡淡的，吕祖泉风景区的颜色，吕祖泉风景区的心情。风景有些古朴风格，它们相得益彰，演绎着一种神仙般的散淡，仙境般的婉约和别致风姿。

  吕祖泉风景区，恬静得让人心疼，水面镜子一样光洁透亮，使我们神往。水，明净清澈，像一位蓝色的睡美人静卧在青山的怀抱里！如诗如歌如梦如幻的韵味和情绪，还有一种晶莹透明的天籁在流淌。水面呈现海蓝宝石般的色泽，这应该是一滴来自天外晶莹剔透的寒露，宛若地球上最温暖忧伤的一滴眼泪，翡翠般光艳的水色暗含着奇异的魅力。深远宁静的湖水周围层层叠叠的树木站得笔直，整个山谷漫山遍野的烂漫野花盛开到了极致。这里盛产一切瑰奇异丽的事物。满山谷紫色的花草，姹紫嫣红的野花，这些来自天堂的美丽的花，动人地开，迷人地开。这是世上最迷人的微笑。这一切为吕祖泉风景区风光平添了诗的神韵、画的色调、歌的旋律……

吕祖泉风景区，纯美自然的地方。闲来做八仙，逍遥吕祖泉。"一腚发财"石，坐上一坐，一腚（定）发财。八仙石，把人们的想象打开。"吻"石，给人增添了另一种情调。

普里什文在《一年四季》里写道："人身上包含有自然界所有的因素，如果人愿意的话，他可以同他之外的一切生物产生共鸣。"

　　水，充满了柔美的动感，水，变幻着她的柔美的肌肤。

　　另外，这里的人用太阳的颜色，作为自己最自豪的颜色，他们温暖热情。温暖热情，正如他们的生活。他们在这块肥沃美丽的土地上耕作生息，和谐得就像太阳下去月亮自然升起来星星开始跟着眨眼睛。天人合一，人类什么时候完全懂得了这个道理，幸福便不远了。

　　泉水以它的沧桑、低缓、沉重、雄厚、清越、旖旎、陶醉在这里。所有你能想象你能感知到的神秘，无一不让你为之动容。你能清晰地听到水的声音，看到幽远的深蓝的天空。少女，壮硕丰润，齿白颊红，一如史诗画卷般古典而风韵。少女的脸上还会有灿若云霞的光彩，微微垂着眼睑唱起歌，声音像鸟一样清脆。这是滋润心灵的声音，这是美丽心灵的声音。姑娘闪着亮晶晶的大眼睛，她们体形健美，容光照人，也许是山光水色的陶冶，这里的姑娘格外秀丽动人。这里的男人有健美的齿，雄实的背，没有任何也无须任何修饰的笑容，坦白率真。他们的肤色，吸收了太阳的颜色；他们的笑容，吸收了阳光的灿烂。大山大水，赐予了他们热情奔放的性格；大山大水，赐予了他们朴实原始的秉性。原始的奔放，是他们的形态；原始的静美，是他们的心态。这是童话般的世界，也许这就是世外桃源。铺满树木的群山，苍苍茫茫，逶迤起伏，伸向远方。阳光在林间洒下斑驳耀金的箭镞，空气清凉如水。崎岖的山路一侧，时有跌宕的山溪冲入窈然深秀的涧壑。绿草芊芊深没人膝，山花烂漫铺天盖地，松树伟岸挺立。山涧哗哗流淌的清泉，林间各种鸟儿的婉转啼鸣，鲜花野果的浓郁香甜，使人如入画中，如闯仙境。

圣洁的树林里，幽凉的叶荫下，松脂的暗香，花草的芳馨，野果的清甜，鸟的啁啾，虫的吟唱，叶的微语，随风弥散，潜入心间的是那远古的清寂。天风荡荡，云朵流连，湖面忽而明丽，忽而迷离。一泓碧水将蓝天、白云、峰姿、林影投入其中。大群水鸟追逐嬉戏，不时溅起一串串欢快的浪花。

这里，是梦最芳香的地方。

我想，我们应该向吕祖泉道歉，请它原谅我们打搅了它的宁静；我们应向吕祖泉道谢，感激它使我们看到了一种壮美、绮丽。

我看到了春天的微笑

你见过春天的微笑吗？

我看到了春天的微笑。

那是漫山遍野的微笑，她笑在春风里，她笑在春天的怀里。

温暖像一位少女，沿着春天的唇边，呼吸般走来。一个风和日丽的日子，一个春暖花开的日子，我们前去黄庄霞峰，汽车奔驰在山路上，一路上，我们看见漫山遍野的桃树伸展开春天的身

子，把积攒了一冬的热情在此刻一下子喷发出来。山，给了桃树生命。桃树，给了山生动。春天，把桃树唤醒。桃花，朝着春天微笑。

和桃花在一起，你会心生怜爱。此时，你的心柔软多情。此时，你会变成一位诗人。桃花，你是春天的唇。桃花，你的呼吸是芳香的，你的颜色是诱人的。我们为这美丽的精灵兴奋着。它们选择在这美丽的地方生存，是它们的智慧，也是它们的福分。

沿着铺满春天生机的山路，我们沉浸在桃花的芬芳中。真的应该感谢大自然，我一面享受着芬芳，一面欣赏着美景，一面寻到经过大自然造化的石头。我捡到一块石头，上面有着我们无法解读的图纹。大自然是神秘的，我们永远不可能完全读懂它。在大自然面前，我们是微小的，我们是笨拙的，我们是虚弱的。

我们一面爬山，一面对大自然感怀。和桃树在一起，幸福又被唤醒。在这里，更能感受到春天的体温。所有的微笑聚集在一起，那是一种什么样的情景啊？漫山遍野的微笑使人心花怒放。漫山遍野的粉红桃花，使人温柔浪漫起来。不知是谁说了一句什么，桃花羞红了脸，深埋在树的胸前。

每个踏青者都以一种嫩绿的姿势，走向田野。在春天的怀里，在阳光的喂养下，脚步嫩绿，心情舒畅。一路上，我们采着一朵朵故事，这些故事般的花朵，风一吹，使整个春天都很香。这些春天的美丽的花，动人地开，迷人地开。这是世上最迷人的微笑。这里的风景，不能说是多么美丽，但完全可以说它是如此动人。小草探出它的小脑袋，像是在探听春天。那嫩绿的绿芽，令人怜爱。荠菜花开，把春天点燃。我们走在春天里，挖春天的寓言。此时，我们的脚步嫩绿；此时，我们的双手生动。花儿们

开始用香味彼此致意，花儿们开始用微笑彼此温暖。花儿们叽叽喳喳，闹醒春天。我们如今随处可以寻到珠宝，却很难挖到一棵小草的灵魂。春天贴近我的身子，暖着我的心事，春天的体温，月亮般把我抚摸。真正的生命，鲜活在快乐中。在绿色怀抱中，栖息于山间、草地，绿草的芬芳气息使人心旷神怡。春天的田野，你如此温润，阳光如此丰美。留住脚步的风景，一定是美丽的风景。绿色最能抓住人的视线，这种醉人的绿，使人乐而忘返。

桃树，它秀颀，但依然挺直着大山般的风骨，树身挺耸着生

命的姿态。它告诉我们，美丽和伟岸，可以同时拥有。桃树，也因了这些优秀的山民而出落得亭亭玉立，英姿勃发。华美而不轻浮，亮丽而不浅薄。开满桃花的山林，也挂满欢笑。迷人的桃林，是现实版的"桃花源"。桃园连成一片，到处郁郁葱葱，犹如绿色的海洋。山水是生灵丰润的摇篮，在这里，桃林是山水滋养的最美的风景。满山遍野的桃树，在春天阳光的照射下，闪耀着特有的光泽，漫山遍野弥漫着芬芳。这是画上

的桃园，是天上的桃园。

从明天起，做一个幸福的人，

喂马，劈柴，周游世界。

从明天起，关心粮食和蔬菜。

我有一所房子，

面朝桃乡，

春暖花开。

踏在土地上，应该具有踏实感。土地的厚度，是我们人的力量所难以抵达的。生命的根，就扎在那里。那里面，深埋着生命力。那里面，可以找到生命的根。向土地和自然学微笑，因为那是最美丽的一种表情。

春天的怀里

　　綦江区永新镇，被誉为"中国优质黄花金水梨基地"。永新凤凰山万亩梨园位于永新镇石坪村、长田村、罗家村范围内的凤凰山上，梨树栽种集中成片面积达1万余亩，春天赏花，秋天采果。

　　在梨花的掩映下，这里的民居都是青瓦白墙，素雅恬静。

　　梨花烂漫，铺天盖地。"千树万树白玉条，过临村路傍溪桥。不知近水花先发，疑是经冬雪未消。"粉红的、雪白的花骨朵儿挂满了梨枝。留住脚步的风景，一定是美丽的风景。绿色最能抓住人的视线，这种醉人的绿，使得人乐而忘返。有一个女孩，喜欢和花儿说话。她在鲜艳的花旁边，告诉花儿刚听来的童话，告诉花自己心里的童话，花儿甜甜地听着，小女孩甜甜地讲着。花儿仰起了脸儿，看着少女花儿一样的脸儿，听着少女来自心底像花儿一样的秘密，花儿从不唠叨，花儿只是静静地听。给花儿说，说甜蜜的事，说心里的秘密，说芬香的故事。和花儿说话，一切像花儿一样美，一切像花儿一样艳，一切像花儿一样香。和花儿说话是幸福的。

　　"忽如一夜春风来，千树万树梨花开"，阳春三月，那一片片纯白似雪花般冰清玉洁，让人如入天境。这是圣洁的风景，梦幻般的天堂，它给我们视觉的盛宴，它给我们心灵的盛宴。品一品农家菜：醇香的梨子酒，美味的梨花糕，还有清溪河里的小河鱼、麻竹笋、梨花鸡、腊猪脚等，还可以去亲自采摘蕨菜等，品尝全部采摘自梨树林里的"野菜宴"。梨花鸡是当地农户将小鸡仔放在梨树下进行"圈养"，它们主要是吃虫子和花瓣，再辅以玉米、水稻喂养，每到三月梨花盛开的时候，才被做成美味的"梨花鸡"。是谁选择了如此美丽动人的植物？永新人，以一种

　　怎样的情怀和眼力选择梨树作为种植作物？梨树，一种美丽勤劳的植物，就像这永新人。梨树，是智慧的。要不，它怎么会知道春天的体温？梨树，是最会打扮自己的。要不，它怎么会选择那么纯美的颜色？梨树，是最善解人意的。要不，它怎么把自己的心变成果子？这是多么乖巧的女儿啊！这是多么懂得感恩的孩子啊！一朵花，不一定结出一枚果子。但每一枚果实，一定来自一朵花。春天最灿烂的花朵，一定结出最甜美的心果。

　　抬头，蔚蓝色的天空。远望，一望无际的梨花。

风一吹，整个永新都香了。

有的梨花是小朵的，像古典的女子。一个文友说："这种桃花真古典！"

我心中暗暗为文友的这句话叫绝。

这简直就是在梨树上采摘下的一句话。只有在如此美丽的梨花面前，才会吐出如此美妙的语言。这句话好美，就像这梨花。这句话好甜，就像这梨花。

保存梦的最好地方

梦到什么季节，

心开始温润，

梦到什么地方，

你可以听到自己的怦怦心跳。

江南的小镇，她的娟秀、她的灵气、她的风采、她的韵味，令人爱恋，使人回味。

走进古镇枫泾，就像走进画里，就像走进梦里。这里展现出一个活生生的世外桃源，这里有着美丽的风景。

枫泾镇成市于宋，建镇于元，是一个已有 1500 多年历史的文明古镇，地跨吴越两界。枫泾镇，周围水网遍布，区内河道纵横，素有"三步两座桥，一望十条港"之称，镇区多小圩，形似荷叶；境内林木荫翳，庐舍鳞次，清流急湍，且遍植荷花，清雅秀美，故又称"清风泾"。游走在古镇的青砖铺就的街道和石桥上，穿梭在时空交错的深深庭院和小巷，乘一叶摇橹的木舟，梦，就这样弥漫开来。在这里，我们可以触摸到一种温和的力量。在这里，我们可以呼吸到一种温润的气息。我们的脚步自动变得轻缓，我们怕打扰这里的清静。我们在这里，可以等一等被我们落在后面的心灵，关照一下被我们冷落的心灵。

水是一部书的脉络，水是古镇的灵魂，一条东西走向的小河贯穿着枫泾古镇。如诗如歌如梦如幻的韵味和情绪，弥漫在小镇的怀里。水，是有灵性的。小桥、流水、人家，它们以最优美、最随心所欲的姿态展示自然的造化，展示它的古朴、原始、清纯和从容的魅力。现代人，看多了都市的灯红酒绿，那只能带来一种麻木或躁动，而这里，带来的却是一种陶醉。这里流淌着的，是一种多么奢侈的浪漫情调啊！这里的水，很嫩。有水的地方，美丽会伴随而生。这里也不例外，它像水灵灵的姑娘，浑身散发着青春的美丽和活力。真正美好的地方，除了能带给你一个美好的风景，还可以给你一个美好的心情。它既可以养眼，也可以养心。这里生长着美丽，这里生长着幸福。

枫泾文化发达，是蜚声中外的金山农民画的发源地。蓝印花布、家具雕刻、灶壁画、花灯、剪纸、绣花、编织等民间艺术源远流长。农民画与丁聪的漫画、程十发的国画和顾水如的围棋，这些在国内外都具有相当影响力的"三画一棋"，集中于枫泾一镇，是国内罕见的一种地域文化现象。一个地方，正是有着人文的东西，才会支撑起这个地方精神的大厦。一个地方，正是有着人文的东西，才会不至于显得精神单薄或者精神虚弱臃肿。一个地方，正是有着人文的东西，才会变得昂扬充沛富有底气。一个地方，正是有着人文的东西，才会洋溢出幸福，才会散发出永恒的魅力。人文的东西，有着淡定而恒久的力量，如火把，照耀着人们前行的脚步；如阳光，光合出人类文明的果实。

　　这里的风光温婉、柔美、淡定、从容，美丽多姿。这里使我们心清气宁，始终保持一种恬静、优雅的生活姿态。始终保持一种优美的心境，则是幸福的。有一种风景摄人心魄，有一种风景使人流连忘返，有一种风景使人魂牵梦萦。曾经的我们脚步匆匆，曾经的我们身心疲惫，那种奔忙那种喧嚣，在这里沉淀。这是一种洗礼，这是一种滋润。

　　这里有一种气场，这种气场可以使人安宁、乐观、智慧、宽广。进入三间四柱的"枫泾"石牌楼，沿着包围老镇区的市河和分汉小河，穿进"东栅"石坊，走过一条又一条的青砖石板的

沿河老街，跨过一座又一座的石桥，一片又一片的古建筑群沿长达五里的河街铺展开来。江南古建筑的落檐房子，古朴中显得典雅，错落有致。一律灰色的小瓦，一行行从屋脊上延伸下来。壮美的建筑，就是立体的凝固的文化。这是圣洁的风景，披着一身神圣的光。这里的色彩不是五彩缤纷，它有一种水墨画的风格，散发着水墨画的芬芳。最具人情味的江南水乡的典型建筑——长廊。这条长廊全长 268 米，是江南水乡现存的为数不多的长廊。我们感到它承载着历史的风雨，承载着文化的厚重。当风景和精神同时洋溢在一个地方时，这个地方就是你心灵的家园。

每一处，你都是美妙的音符，我们聆听着动听的音乐。

每一处，你都是精彩的图画，我们欣赏着恢宏的画卷。

我们羡慕这里，大自然赐予这里如此美妙绝伦的景观。

我们徜徉在美丽和宁静之中，心中荡漾起安宁带来的快乐。

这是一个神秘的地方，这是一个美丽的地方。

真，有时如水，从最善美的地方涌出。把心放在梦里，全身都会温暖。记住一个名字很容易，而要记住一个梦，需要在心的最纯洁处留一个地方。我把梦放在你这里，这里，是保存梦的最好的地方。

故城怀古

　　对于高昌故城，我一进入它便为之震撼了。一片废墟，我很难想象，当年这里曾是繁华的城域。那像火炉一样的干热，或者说像刚烧完最后一窑砖瓦就倒塌的土窑，土褐色是这里的主色调。

　　在故城口，按要求我们换乘维吾尔族人赶的小毛驴车进入故城，驴车在布满深浅不一车辙的大道上奔跑起来，故城几乎全是土褐色的色调，车上毛毯和罩帘为故城增添了一抹色彩。维吾尔族人风趣地和我们交谈，为我们讲解着这里的一切。不一会儿，小毛驴慢了起来，不紧不慢地在里面游走。像穿越时光隧道，行走在历史的长廊里。残垣断壁，腐土、干土、焦土，满目沧桑。

　　我们走在故城里。

　　这时我想，我们走在人生路上，是踩着别人的喜怒哀乐，是踩着别人的悲欢离合，是踩着他人的成功或失败，是踩着他人的欢笑或忧愁。脚下发出的有时是鞭策，有时是警告，有时是鼓励，有时是劝阻。但是，有多少是别人让我们停下来的？我们有时停下脚步，大多是自己停下的。

站在故城里，我的思绪飞向远古。高昌故城位于吐鲁番市以东偏南约 46 千米火焰山乡所在地附近。城郭高耸，街衢纵横，护城河道的残迹犹存，城垣保存基本完好，分内城、外城、宫城三重。外城大体呈正方形，墙厚 12 米，高 11.5 米，周长 5.4 千米。为夯土板筑，部分地段用土坯修补，外围有凸出的马面。每面人体有两座城门，而以西面以北的城门保存最好，有曲折的瓮城。内城居外城正中，西南两面城墙大部分保存完好，周长约 3

千米。宫城为长方形，居城北部，北宫墙即外城北墙，南宫墙即内城北墙。这一带尚存多座 3～4 米高的土台，当时为回鹘高昌宫廷之所在。内城中偏北有一高台，上有高 15 余米的土坯方塔，俗称"可汗堡"，意为王宫，稍西有一座地上地下双层建筑，为宫殿遗址。外城内西南有一大型寺院，寺门东西长约 130 米，南北宽约 85 米，占地约 1 万平方米，由山门、庭院、讲经堂、藏经楼、大殿、僧房等组成。大殿内尚残存壁画痕迹。唐代高僧玄奘西游取经，于贞观二年（628）春，曾到高昌国讲经一月余，即在此寺内。寺院附近，还残存手工作坊和集市遗址。外城内东南部有一小型寺院，残存的壁画较上述大寺完美。高昌故城始建于公元前 1 世纪，初称"高昌壁"，为"丝路"重镇。后历经高昌郡、高昌国、西州、高昌回鹘等长达 1400 余年的变迁，于公元 14 世纪毁弃于战火。那时的繁荣，那时的辉煌，永不再来。

残破的墙壁上仍然可以看到炊烟的痕迹，似乎可以闻到阵阵饭香。

我的嗓子由于干热干渴，几乎冒烟，有一种被干蒸的感觉。于是拼命地喝水、喝水。

几个维吾尔族小孩手持铃铛和其他小纪念品追着马车跑，他们干黑瘦小，跑啊跑，向我们推销他们的东西。

我接过他们的铃铛，铃铛有些烫手。这些孩子奔跑在酷热的故城里，有一种超越常人的耐力。

这时，几峰骆驼出现在故城里，使得故城有了一种动感。我想，也许是旅游部门特意放进几峰骆驼来增加高昌故城的韵味。

这座曾留下大唐高僧讲经的国度，如今已残破得面目全非。这里没有水，没有生命，只有远古留下的信念。唐太宗贞观元年（627），唐玄奘西行取经途中到了伊吾（今哈密）。高昌王麴文泰知道后，即派使者把玄奘接到了高昌国。高昌王每日在三百弟子面前跪地当凳子，让法师踩着他的背，登上法庭讲经，时间过了十几天，唐玄奘执意西行，高昌王苦苦挽留，并要以弟子身份终身供养玄奘法师，还要让全国居民都成为法师弟子，每日沐浴执香，洗耳恭听法师讲经。但玄奘坚持不允，两人相持不下。高昌王虽每日捧盘送食，礼遇有加，但玄奘滴水不进，以绝食表示西行的决心，直至奄奄一息。高昌王最后只好答应，提出唐僧取经归来时，在高昌故城住三年，受弟子供养，继续讲经授道的请求，玄奘也答应了。临行那天，全城僧侣、大臣以及老百姓倾城相送，高昌王紧抱法师恸哭不已，还亲自送了数十里才回去。此时，故城已废。如果玄奘能够再来此地，一定颇为伤感。

我们走在古人生活过的地方，想聆听一下远古的声音，想静下来聆听大唐高僧的经声。但是，我们不会听到了。这时，我倒

是真的羡慕起古人来了。

风，是这里最奢侈的东西。哪怕是一丝风，也会带来极大的享受。

阳光，是这里最铺张的东西。阳光，在这里是不受欢迎的东西，它加剧着这里的干热。

高昌故城，带给我的是思考和感叹。就要离开故城了，我不住地回头看着它，看着它，直到它消失在我的视线里。

故城，再见！也许，以后我还会再来看你的。